I coralli

Edizione pubblicata in accordo
con Piergiorgio Nicolazzini Literary Agency (PNLA)

www.einaudi.it

ISBN 978-88-06-25135-2

Espérance Hakuzwimana

Tutta intera

Einaudi

A Bubu e ai miei fratelli,
questa storia vi sarebbe piaciuta.

A mia mamma Suzane,
che mi ha dato l'amore che serviva.

A mio padre Nicodemu,
che mi ha messa in salvo.

Tutta intera

Due mondi – e io vengo dall'altro.
CRISTINA CAMPO

Il verso citato nell'epigrafe è tratto dalla poesia *Diario bizantino* di C. CAMPO, *La Tigre Assenza*, Adelphi, Milano 1991, p. 45.

1.

A sette anni rubo la candeggina dall'armadietto delle pulizie e la porto in bagno. Aspetto che mamma vada in giardino a curare le piante, prendo la sedia, mi ci arrampico e cerco la bottiglia bianca con l'etichetta blu. Durante le grandi pulizie, lei di solito la tira fuori e la usa con i guanti gialli. È questione di sfregamento, mi dice quando lava i vestiti o disinfetta il fondo dei cassetti. Io la guardo dal tavolo della cucina, alzo le gambe quando alla fine di tutto passa lo straccio sotto le sedie. Aspetto il mio turno ma non arriva mai.

Mi spoglio e sono frettolosa, imbranata. Do un calcio alla bottiglia di plastica che ho appoggiato per terra. Me ne accorgo. Ci rimango male e dico solo Oh. Guardo il liquido trasparente allargarsi sulle piastrelle azzurre del bagno, l'odore mi dà fastidio al naso.

Mamma arriva canticchiando, ha le mani sporche di terra e mi chiede Che stai facendo?

Non posso rivelarle il mio piano. Mi rimetto la maglia di Hello Kitty, i pantaloni e dico Niente.

Lei porta i capelli raccolti in una coda alta, un ciuffo color del grano le sfugge dal laccio. Le guardo i capelli, le guance lisce e chiare. Se fosse arrivata solo cinque minuti dopo. Lo penso, mi pento.

Che pasticci combini?

Mi dice di fare attenzione al liquido sparso sul pavimento. È pericoloso, mettiti le ciabatte.

Si pulisce le mani nel lavandino. Non scappo piú, rimango a guardare la terra scivolare via con l'acqua.

Hai visto come si puliscono in fretta? mi chiede sorridendo. Ha già dimenticato il pericolo.

Le sto sempre attaccata, ho paura di perderne dei pezzi. Di lei, di quello che fa, dell'odore che ha quando ritorna dalla mensa, delle cose che dice a pa' e non capisco ma voglio che siano mie.

Fisso ancora il lavandino. Davanti a tutto quel bianco mi si incanta lo sguardo.

Pa' rientra da scuola e facciamo merenda insieme.

Chiede sempre le cose importanti, non si arrabbia se non mi ricordo le tabelline, mi fa rispondere al telefono e dire Pronto, casa Righetti. A mamma il compito di scrivere gli orari di scuola sul frigo, ricordare a tutta la casa di lavarsi i denti, pettinarsi e dire scusa se abbiamo sbagliato.

Se è estate, pa' tira fuori le pesche raccolte nel frutteto e le mangiamo insieme, una metà lui e una io, d'inverno invece guardiamo il fuoco, ci mettiamo la coperta sulle spalle come se fossimo alla festa del patrono e ci raccontiamo segreti.

Perché hai portato la candeggina in bagno?

Non facevo niente di male.

Lo so, volevo solo sapere le tue intenzioni.

Si mette in bocca un pezzo di pesca gigante e io guardo l'orologio alle sue spalle.

I miei piedi penzolano dall'alto della sedia di legno. Con la bocca piena aspetta una mia risposta ma io non so cosa dirgli.

Ho preso la candeggina perché una signora con i capelli uguali a quelli di nonna Gemma in televisione ha detto che toglie tutte le macchie, anche le piú difficili. Ho chiesto conferma a Denise Mobili della prima fila e mi ha detto Certo: fa diventare le cose bianche. Anche me? ho insistito, lei ha riso, ha detto Magari sí, prova! Poi è scappata via con la focaccia in cortile.

Ci ho pensato per giorni. Quando ho trovato quello giusto per poterci provare avrei voluto essere da sola ma a casa non lo sono mai: mamma fa la cuoca all'asilo e finisce il turno quando finisco scuola anche io, a volte pure prima, pa' insegna al liceo classico e al pomeriggio è già a casa. La giacca appesa all'attaccapanni, la borsa con i libri, i temi, le biro non cancellabili abbandonata all'entrata.

Mamma appare in cucina a sistemare la verdura in frigo, papà riprende il discorso. Cosa volevo fare prima? La pesca che ho in bocca non posso masticarla all'infinito.

Provavo a fare come nella pubblicità.

Cosa fanno nella pubblicità?

Mettono il liquido sui vestiti neri e quelli diventano bianchi.

Mamma rimane col frigo aperto, ci dà le spalle. Fissa qualcosa, forse le uova, il latte. Dalla bocca di pa' esce un suono strano e un po' mi spavento e un po' mi viene da ridere. Si sistema meglio sulla sedia, io lo imito. Non sono mai stata cosí scomoda, e la paglia sulle cosce mi dà fastidio.

A letto, la sera, mamma mi legge una pagina del libro che amo ed è dolce come sempre. Mi tiene la mano, mi chiede se mi sono lavata i denti e dopo il bacio sulla fronte mi guarda e legge negli occhi come sto.

Ti viene ancora da piangere per la storia del brutto anatroccolo?

Lo sa sempre, lo capisce subito e ogni volta mi propone di cambiare storia. No, voglio questa, rispondo con gli occhi che bruciano.

Non rinuncio facilmente all'idea. Quando arrivano le vacanze mamma e pa' se ne sono dimenticati ma io no.

Al tramonto, prima di mangiare sul tavolo di plastica in veranda, io e i due figli della signora Piera giochiamo nel giardino in comune separato da una rete. Ce ne stiamo lí, io con i fili d'erba che mi sporcano le mani, il pigiama. Loro con l'accappatoio dello stesso colore, senza niente sotto. Quando siamo soli Alice lo apre e mi obbliga a guardare. Io faccio Bleah tirando fuori la lingua, suo fratello ride imbarazzato.

La signora Piera è sempre alla finestra, fa da vedetta sulla via. Con lei sto attenta a dire Grazie, Permesso e Per favore a mezza voce, e lei ripete Che brava bambina che è questa Sara. I suoi anelli si incastrano ogni volta tra i miei capelli.

Al mare, nella casa che ci ha prestato zio Robi, dopo cena passeggiamo tra le bancarelle con i vestiti leggerissimi e nessuno dice È tardi. Pa' sembra un altro, quando non insegna non porta neanche gli occhiali da vista. Un paio di notti fingo di addormentarmi nel lettone mentre guardiamo un film per bambini, cosí resto tra di loro; sogno di galleggiare.

Vai a fare il bagno!

Dall'asciugamano mamma mi tocca la schiena con la punta del piede, come a spingermi. Mi giro e la guardo strizzando gli occhi. Dico Non mi va, e continuo a bucare la sabbia con la paletta alla ricerca dell'acqua che chissà a che punto arriva. Non voglio starci al sole, non troppo. È sulla battigia che le modelle alla tv si stendono per prendere tutti i raggi possibili, non posso rischiare. Cosí prego sempre che si distragga, prego che non si accorga che in acqua non ci vado mai, che cerco la crema solare nella sua borsa arancione e mi addormento sotto l'ombrellone anche se non ho sonno per davvero.

Passo tutta la vacanza a evitare il sole. Dico a mamma che preferisco giocare a carte, e quando lei continua a vincere a Uno io un po' mi arrabbio mentre lei ride con la bocca larga. La spio e le guardo i denti. Ne ha uno d'oro in fondo alla bocca, lo cerco sempre. Vorrei toccarlo, toglierglielo e farlo mio, metterlo in una scatolina. Non sotto al cuscino, non voglio che la fatina dei denti me lo rubi. Lo voglio tenere per me perché è la parte d'oro della mia mamma. Quando le chiedo la storia di quel dente ne inventa una nuova ogni volta. Anche mamma è brava a raccontare. Pa' dice che se la cava con gli inizi ma poi si perde. Tanto non mi interessa se si perde, basta che mi tenga con sé.

Una sera, durante la nostra solita passeggiata, una coppia di signori eleganti si avvicina. La signora con un cono in mano ferma mamma e le chiede Di chi è questa bambina bellissima?

La sento anche io, e mamma si innervosisce subito, pa' risponde ad alta voce È nostra figlia, non si vede? e i grandi si mettono a ridere, tutti in modo diverso; anche il signore senza gelato. Continua a guardarmi però, con una faccia strana, poco convinta. Quando si allontanano, pa' e la signora col gelato ridono ancora a distanza. Mamma no, mi tiene la mano stretta che quasi voglio dirle Mi fai male.

2.

I vestiti che indossano, tutti schierati davanti a me, le montature degli occhiali, gli astucci sul banco, i capelli e le extension colorate, i diari aperti, le matite, il trucco sugli occhi abbassati, i pennarelli senza tappo, i braccialetti fluorescenti. Uno di loro, in fondo alla classe, ha una tuta ocra e i capelli rasati. Una ragazzina con la frangia tinta di verde poggia i piedi su uno skate mezzo nero mezzo rosso.

C'è troppo colore.

Mi correggo subito perché le parole hanno un peso e io voglio iniziare questa cosa con leggerezza.

C'è tanto colore in questa aula seminterrata di mercoledí pomeriggio. Siamo un metro sottoterra, ma piú li guardo meno mi sento all'altezza.

La vicepreside Mauri parla, ha voluto accompagnarmi fino all'aula. Tengono gli occhi altrove ma so per certo che mi osservano: chissà che pensano. Mi vedono? E se lo fanno, sono curiosi o spaventati?

Ho gli orecchini di perle, il sorriso stretto e le mani giunte come in chiesa la domenica alle dieci con l'incenso nel naso.

Possono farmi paura dei ragazzini? Posso fargliene io?

Prima di uscire la vicepreside mi presenta: scandisce bene il mio cognome e solo a sentirlo mi tranquillizzo. Ha detto che starò con loro fino a fine anno per il corso di potenziamento al pomeriggio.

La cattedra è un tavolo di legno scuro e le finestre danno su un panorama a metà: un pezzo di cielo sospeso, una vista spezzata.

In prima fila un ragazzino ha la testa appoggiata al braccio sul banco, il suo sonno mi coglie alla sprovvista e non so che fare. È una mancanza di rispetto a cui non sono pronta.

Shakoor si riposa, mi dice una ragazzina con un taglio degli occhi che mi fa pensare alle foglie. Non lo dice a me, è una notizia che passa ai compagni, ai muri.

Al mio silenzio ripetono la frase canzonandomi. Non reagisco.

Ma lo capisce l'italiano? si chiedono complici, come se non fossi lí.

Guarda che questa mica è italiana! e si scambiano pacche sulle spalle, ridono, battono le mani entusiasti.

Mi sento accerchiata. Prima, due piani di scale piú su, la vicepreside mi ha pregato di fare attenzione con un tono di confidenza inatteso: Non farti fregare. So che don Paolo ti ha convinto del contrario, però anche se sei come loro, loro non sono come te.

Quest'aula non mi dice niente. I cartelloni alle pareti, il rivestimento di mattonelle, la lavagna con gli scarabocchi di lezioni precedenti. Sul tavolo che fa da cattedra qualche foglio. Per raggiungerlo do le spalle ai pochi alunni seduti, un brivido mi attraversa la schiena nel punto centrale, quello che da sola non tocco mai.

Lei viene dalla Città?

Io sono di Bellafonte, lo dico subito, con foga, come fosse una gara.

Mi fa sorridere che le vie in cui sono cresciuta loro le immaginino come strade piene di grattacieli e chissà cos'altro. Appena torno a casa devo raccontarlo a Marta che riderà di gusto, o forse lei lo sapeva già e non mi ha avvertito.

Anche la sua famiglia è di Bellafonte?

Tutta quanta.

Pure la sua mamma?

Sí, la mia mamma Giuliana e il mio papà Giacinto.

E la mamma di prima?

Che cos'è «la mamma di prima»? chiedo perché non li capisco.

È un gioco stupido di quelli del Dragone, risponde la ragazzina in seconda fila con le treccine sciolte sulle spalle.

La *ommi*, aggiunge una voce che non riesco a raggiungere con gli occhi.

Guarda che se usi l'arabo non capisce, dichiara un ragazzo con i capelli scuri, la giacca ancora addosso e le labbra tese, serrate.

Magari non ce l'ha, sussurra una ragazzina con un velo di ombretto chiaro sugli occhi e lo zaino sulla sedia vuota accanto. È un commento a cui non so aggiungere niente e neanche loro.

Parlano come se non ci fossi; mi guardano poi riprendono a consultarsi ancora.

Il ragazzino che ha parlato in arabo si chiama Zakaria Laroui, ma non ho capito bene come si pronuncia. Lo ricordo solo per l'occhio pigro sotto il sopracciglio folto e perché è il primo che ha parlato e l'ha fatto senza alzare la mano. Quando la vicepreside Mauri gliel'ha sottolineato con distacco lui l'ha ignorata come si fa con i moscerini.

Qualche banco piú in là una ragazzina con dei codini ricci fittissimi disegna sul diario, non alza lo sguardo. All'ultima fila tre maschi, due seduti cosí vicini che i gomiti si sfiorano. Li penso amici o fratelli per la posa che tengono sulla sedia. Là nel fondo mi sembrano lontanissimi, inavvicinabili.

Mi sistemo la camicia sotto la giacca che ho indossato per l'occasione, una protezione di stoffa.

Io sono una e loro sono in quattordici. Dovrebbero essere di piú ma mi hanno detto che da queste parti gli elenchi non corrispondono alla realtà. Allora mi adeguo, non esco dal tracciato, come ho imparato a fare per sentirmi dire Brava, Bene cosí, Sei proprio la nostra soddisfazione.

Voglio il riconoscimento di questi ragazzini sbilenchi, di queste pelli chiare e scure.

Chiedo di spiegarmi ancora della «mamma di prima». Ma sbaglio, dico «omma» e loro ridono. Le gengive scure, i capelli mossi che si muovono, le mani che sbattono.

Si dice *ommi*, mi corregge Laroui. Ha schiuso le labbra, ha aperto uno spiraglio. I denti grossi e i riccioli che gli cadono sulla faccia lo rendono buffo.

Ma no! dice un altro ancora, Qui diciamo pure *mama* o *yamma*.

Anche mamma diciamo, anche mamma! e sento aria di rimprovero.

Ah, allora è come da noi! esclamo per stemperare il clima e provando sollievo. Il primo punto in comune con loro in tutti questi minuti alieni.

Però *lwalida* è il piú bello perché vuol dire che la mamma può tutto, contiene tutto.

È il ragazzo accanto a Zakaria Laroui che parla, mi spiega cose che non chiedo. Qualcuno lo richiama, dice Giuliooo, prendendolo in giro per questa piccola lezione che nessuno vuole.

La ragazzina col diario pieno di disegni mostra il volto per un attimo. Alla sua sinistra altre due compagne: quella con le treccine sciolte sulle spalle e una appoggiata al muro, che sembra piú grande degli altri, e mi fissa come se mi stesse soppesando.

Tu non sei della Città, sentenzia senza smettere di fissarmi.

Ah, no? Perché dici cosí? chiedo dandole anche io del tu, dimenticando le regole che mi sono data.

Perché hai saltato il Sele, risponde, Chi salta il fiume poi mica torna, dice, Non torna mai.

3.

Sono finalmente in quarta elementare e la maestra Paola mi fa i complimenti per il tema. Ho scritto che mio papà fa l'insegnante di italiano, e anche io da grande.

«La cosa che piace di piú a mio papà, – ho specificato impegnandomi col corsivo che un po' trema, – è giocare ai sinonimi con me».

Sí che lo so cosa sono i sinonimi, rispondo alla maestra quando me lo chiede perché non è convinta. È una parola difficile, ribatte.

I sinonimi sono le parole per dire le cose che conosciamo ma in altri modi, diversi, rispondo.

Non mi interessa la sua faccia stupita, e nemmeno quella di Rico che si volta e a mezza voce mi dice Maestrina.

Io e pa' giochiamo sempre. Vince chi ne trova di piú. Uno io, uno lui. Come le partite di ping pong nella casa al mare di zio Robi. Quando finiamo di giocare pa' mi dice sempre Brava Sara, ma quante ne sai?

Un giorno, quando cresco anche io, lo batto di sicuro. Questo ho detto alla maestra Paola e lei ha risposto Certo, e poi si è girata verso la lavagna.

Cosa facciamo adesso, profe?

Io non sono la professoressa.

Metto le mani avanti per placare le loro domande, queste voci che squillano tagliano il silenzio di tutto il seminterrato.

Se non è una profe che cos'è?

Sono l'assistente con cui farete questo corso pomeridiano.

Dico pomeridiano e non «del pomeriggio» per dimostrare subito che il mio lessico ha finito le superiori. È un modo per difendermi da loro. Mi viene in mente pa' appoggiato al bancone di marmo della cucina che mi dice Mostragli chi sei, ma non importi, non è una gara.

Spiego le cose che accadranno con un plico di fogli tra le mani. Li ho fatti stampare per tempo, nella tabaccheria sotto casa, perché essere organizzata mi aiuta a non distrarmi.

So che ad ogni lezione devo consegnare le schede tematiche pensate per altri tipi di alunni. Di certo non questi. Quando ho sbirciato i file mi sono messa un po' a ridere e poi ho pensato che molte cose fossero troppo facili, troppo stupide per la loro età. Lavori, colori, storia italiana, famiglia, natura, buone maniere, vestiti, trasporti e via cosí.

Mentre parlo tengo i fogli davanti al petto quasi a proteggere gli organi vitali da chissà quali proiettili. Il corso durerà sessanta ore, staremo insieme fino a fine anno e proveremo a migliorare.

Scelgo bene le parole, con le pause giuste come quando davo le consegne al campo estivo dell'oratorio San Filippo.

Non spiego in cosa dovranno migliorare: non lo so. Questa classe è un campo aperto senza recinzioni. Don Paolo mi ha detto Li aiuti con la grammatica, con i compiti; mi ha incoraggiata Sei brava in queste cose, Sara, e anche se ero stanca, poco convinta, alla fine ho accettato. La vicepreside Mauri invece, senza troppi giri di parole, ha dichiarato che questi ragazzi assonnati e sproporzionati nei banchi sono quasi analfabeti. A casa parlano a stento l'italiano, solo i dialetti dei loro paesi, hai presente no? mi ha chiesto dandomi del tu come se mi conoscesse da sempre, Incivili loro e le vite che fanno fuori da questa scuola.

Farà l'appello oggi? mi chiede Giulio, il ragazzino delle lezioni non richieste. Ha la testa rasata ai lati, il ricciolo dei capelli scuri folti. Oggi ha pure gli occhiali da vista, oltre alla camicia sotto il maglioncino a tinta unita.

Dopo le prime domande con cui mi hanno accolto ho detto solo Perché non parliamo a ruota libera?, e loro si sono messi comodi, hanno tirato fuori i cellulari, i trucchi, con la bocca aperta masticano gomme colorate per mostrarmi indifferenza.

Sul tavolo c'è sempre il foglio con i loro nomi allineati come una lista della spesa. Mi chiedo chi li abbia messi insieme, su quel foglio e in quest'aula. Chissà se sospettava che sarebbe stato poco facile, se gli è importato, se ci ha fatto caso.

Al secondo nome sull'elenco, Giulio dice Sono qui.

Abour, è giusto? domando come a chiedere conferma e lui mi sorride.

Non glielo chiede perché si chiama Abour Giulio, profe? mi fa il suo vicino di banco.

Non penso ci sia bisogno.

L'ha mai sentito un marocchino che si chiama Giulio, profe?

Tutta la classe ride, stavolta non di me. Esagerano e il rumore delle sedie che si spostano, gracchiando, mi dà fastidio.

Non aspetto risposte o spiegazioni, rimetto gli occhi sui nomi e proseguo.

Al suo turno la ragazzina col diario pieno di disegni aperto sul banco mi corregge subito Si pronuncia Asàre, l'accento va sulla seconda a. Il tono di voce è meccanico, come se l'avesse detto milioni di volte.

Faccio sí con la testa, mormoro Certo, certo, e mi fisso l'appunto in testa per il futuro: MaryLú Asàre.

Passo in mezzo a nomi doppi, quelli facili degli assenti, inciampo in consonanti mute e ogni tanto qualcuno alza la mano per dire Sono io. Provo a registrare il volto, il gesto di scoprirsi ed esistere davanti a me che non so se li sto guardando o immaginando e basta.

Le lezioni vere le fanno la mattina, qui non c'è una cattedra vera e propria e quando ho chiesto al bidello dove potessi trovare una fotocopiatrice mi ha risposto Sono disponibili solo per gli insegnanti, prova a chiedere alla tua.

Mi domando che ci faccio qui, se sono credibile ai loro occhi. Mi sembro la copia della copia dei docenti che ho avuto al Tasso, lo stesso liceo di pa', ma in un'altra sezione. Me ne sto qui e mi sembrano passati pochi giorni da quelle lezioni di matematica o latino. Le prime ore assonnate, le mani alzate a metà e io che chiedevo permesso sempre due volte perché non solo ero figlia di un docente, ero figlia di Righetti. Un duplicato sbiadito. E quando lo dicevo mi chiedevano la conferma. Chiamalo papà! Sta passando adesso, chiamalo papà, vediamo se si gira!

Non fa niente, tanto l'hanno scritto male, mi dice Taja Kolu quando arriva il suo turno.

Le chiedo di dirmi la versione corretta Cosí imparo, ma lei alza le spalle, come se non ci tenesse per davvero. La sua vicina di banco Charlie Dí, appoggiata al muro, insiste Diglielo, dài, diglielo! Ma lei e le treccine che arrivano sulle spalle ci rinunciano.

Si vergogna, mi riferisce la compagna guardandomi negli occhi.

Fa bene! dice David Burite dall'ultima fila. Di lui ho registrato l'orecchino di diamante, la felpa con scritto ROME e il banco completamente sgombro.

Guardo Taja Kolu che non si scrive Taja Kolu e cerco in lei qualcosa, una reazione. Continua a fissare il banco, la compagna le stringe il braccio ma non so che cosa le sussurra. Stanno in terza fila, la luce debole del neon le illumina male e dei loro volti mi segno gli occhi grandi.

Quando arriva il suo turno Mihai Kostenko dice Si vede proprio che arriva dalla Città; dietro di lui Zakaria Laroui sorride strafottente e un po' mi sta simpatico, un po' mi irrita.

Adelina Moraru non smette di toccarsi i capelli e mi

dice solo Io sono italiana profe, i miei lavorano in Città, io sono come lei. Ci tiene a dirlo alla classe ma soprattutto a me. Mi chiedo che confine voglia marcare.

Benjamin Oududu non si scomoda: alza la mano con fatica e il cappuccio della felpa nemmeno lo abbassa.

Alla fine dell'elenco ho sbagliato piú della metà dei nomi. Per tutto il tempo loro hanno riso piano, nascondendo la bocca con le mani. A parte MaryLú Asare non mi hanno aiutata provando a correggermi, si sono guardati tra di loro senza mai venirmi in aiuto.

Tilli Amina mi chiede E il suo nome vero profe qual è?

Ve l'ho già detto, rispondo, anche se so cosa intende questa ragazzina con gli occhi un po' annacquati, i capelli neri con sprazzi di colore e lo skateboard sotto al banco che muove col piede facendo rumore tra le mie frasi. Non ho altre risposte se non quella che mamma e pa' mi hanno detto di dare agli sconosciuti in tempi immemori e che non credevo di rivivere qui, in un'aula semibuia con queste schede in mano piene di domande stupide per chiunque.

L'ho già detto come mi chiamo, ma sembra non bastare. Allora penso che dovrei aggiungere che sono cresciuta con amore, che alla loro età passavo il tempo nel frutteto di pesche che dà da lavorare a mezza Città, che Roberto Righetti il responsabile delle vendite è mio zio e Giacinto Righetti il miglior professore di italiano del liceo classico è mio padre. Vorrei raccontare di come mamma Giuliana, la cuoca dell'asilo, la volontaria dell'oratorio, abbia sempre avuto tempo per chiamarmi per nome e farmi le domande semplici che una mamma fa ai propri figli.

Invece lo ripeto ancora prendendomi tutto il tempo e dandogliene per capire, assimilare: Mi chiamo Sara Righetti e sono di Bellafonte, il quartiere che dà il nome alla contrada.

Mihai Kostenko si tira indietro i capelli biondastri e Paul Bonafede col suo maglioncino ordinato mi chiede E poi?

Ma io non ho niente da aggiungere. Sara Righetti. Sara e basta. Righetti e basta; come pa' e zio, come Claudio, mio nonno. Righetti come Iacopo, mio cugino che porterà avanti il nome di famiglia; come tutti i maschi prima bambini e poi uomini che hanno abitato a Bellafonte, che dopo aver frequentato l'oratorio San Filippo fanno le vacanze sull'Adriatico, mangiano le pesche sciroppate e alla festa di San Zeno bruciano le cose vecchie per scaramanzia.

MaryLú Asare tiene il diario aperto col palmo della mano e mi guarda con la faccia di chi ha capito ma non è soddisfatto. Mia madre ha litigato con quelli dell'ospedale per chiamarmi come mi chiamo.

Ha litigato per il nome? chiedo stupita. A me piace. E mi piace davvero, quel MaryLú scritto tutto attaccato con la «l» maiuscola e l'accento sulla «u».

A voi della Città i nostri nomi non piacciono, dice David Burite, senza guardarmi negli occhi.

Con un nome cosí è un attimo che ti portano via, dice Rachel Ago: quando parla mostra i denti con uno spazio in mezzo e sulla guancia sinistra ha due cicatrici dritte, parallele, di qualche centimetro; se ne stanno lí nel mezzo e sembrano troppo perfette perché se le sia procurate accidentalmente. È l'unica che siede in prima fila a pochi centimetri da me. Da sola, se non per la presenza trasparente di Shakoor Abdul che dorme indisturbato.

Ti portano a prendere i ghiaccioli, aggiunge Rachel Ago.

I ghiaccioli? Appena nata? chiedo.

Qualcuno sogghigna, Giulio Abour dice qualcosa in lingua. Gli chiedo di ripetere perché Non capisco. Zakaria Laroui con aria di sufficienza mi dice Guardi che è marocchino. Faccio di sí, dico Certo, ma non ho capito. E neanche la storia dei ghiaccioli.

Ti chiamano ancora Saranostra?

Abbiamo tredici anni, lui non ancora compiuti.

Si avvicina il fine settimana. Rico è venuto a passare il pomeriggio da me e non dai suoi mille amici benestanti di

San Giacomo. Quando me lo chiede mi stringo nelle spalle ancora bruciate dal sole preso al mare dallo zio. Dico Sí e provo vergogna.

Sembra una preghiera, commenta.

L'anno prossimo finisco le medie e lui sta ancora in seconda. È l'unico di tutta la zona a essere stato bocciato ma le cose gli scivolano addosso e alla fine ne esce sempre senza graffi, luccicante. I genitori lo sgridano al telefono perché sono sempre via, sua sorella si fa delle risate lunghissime e poi gli dice Se ti bocciano ancora ti mando in collegio, e lui urla Magari.

Che soprannome assurdo Saranostra, ma che è?! Saragiostra!

Io di Bellafonte, lui di San Giacomo. Quando dice queste cose non mi dà fastidio. Rico fa sempre ridere tutti anche se quella che prende in giro sono io. Voglio fare quello che fa lui anche se tra noi due lui è un po' piú piccolo.

Mamma l'ha capito e come tutte le mamme del mondo prova a farmi ragionare: Se Rico si butta giú dalla finestra tu che fai? Se Rico è nei paraggi lei ci rimprovera tutti e due e io mi ingelosisco, mi scoccio. Pure i castighi viene a rubarsi adesso? Che la smetta di prendersi in prestito pure la mia mamma oltre alle gomme, i palloncini ad acqua, i libri dalla scrivania. Non lo dico mai ad alta voce però, solo in segreto, nella mia testa. Alla fine, anche se mi impegno, mamma resta intoccabile, impermeabile come le piume delle anatre dietro l'oratorio.

Rico no. Rico sotto la pelle ha la lava e quella scotta sempre.

4.

Ci pensi mai che la cosa piú famosa di questo posto sono le pesche?

È suonata la campanella della ricreazione. Io e Rico siamo spalla contro spalla, una cuffia a testa del suo lettore cd scintillante che arriva dal Giappone, oppure dall'America, non lo so. In classe glielo invidiano tutti e noi lo usiamo per ascoltare la musica del Festivalbar che abbiamo guardato quest'estate in tv: lui in colonia con altri ragazzi figli di dirigenti, io nella casa al mare di zio.

Condividiamo le schiacciatine e una pesca; le spezziamo a metà, al millimetro. Avanziamo ascoltando questo pezzo un po' triste un po' arrabbiato, fino a rientrare in classe. Quando vedo le briciole sulle ginocchia a decorare i jeans penso alla scia di riso che si lasciano dietro gli sposi ma non glielo dico. Comunque non faccio in tempo: Rico mi ruba la pesca di mano, cerco di riprenderla. Ridiamo.

Sono le pesche piú buone del mondo, dico. Intanto muovo la testa seguendo il ritmo della musica.

Detto da te fa proprio ridere.

Perché?

Il filo si tende facendomi perdere l'auricolare e la fine della canzone.

Beh, le nostre pesche sono bianche e tu no!

Che vuol dire?

È una battuta Sara: è per ridere!

Ma non fa ridere, rispondo.

Rico ha appena aperto una botola sotto i miei piedi e certo che non rido. Cado e chissà quando atterro.

Per arrivare da loro devo uscire dalla stanza disordinata, dalla porta di faggio pregiato, dal portone con la vernice vecchia di cent'anni, e solo fuori, con la faccia all'aria, scelgo se prendere la strada che mi porta subito su via Piane o imboccare la scorciatoia evitando la passerella davanti al forno.

Ci lavorano dentro madre e figlia. Nadia mi ha vista crescere e Luce è sempre stata nell'altra sezione, nell'altra classe di catechismo, nell'altro campo, quello da basket, quando io facevo pallavolo. Prima Nadia aveva piú aiutanti ma quando è rimasta incinta senza un matrimonio le voci sono corse veloci per tutta la Città: l'ha fatta con un foresto, con un marocchino, con un rumeno, è figlia del peccato. Mamma mi ha raccontato che solo quando Luce è nata ed era uguale e identica a sua madre hanno smesso di parlare e sono entrati a chiedere di nuovo il pane e le focacce.

Era facile prima entrare al forno. Chiedevo la focaccia da mille lire, quella col rosmarino e i chicchi di sale giganti, che poi quando ho finito le elementari è diventata da ottanta centesimi di euro ma sul cartellino sono rimasti entrambi i prezzi per un'eternità.

Mamma ordinava le pizzette rosse, i panini alla Nutella e le spumiglie per la festa di compleanno. Per i miei dodici anni zio Robi aveva fatto realizzare un vassoio di spumiglie aromatizzate alla pesca e diceva a chiunque Le ho inventate io, e le brevetto! Che a me non sono mai piaciute non ho avuto il coraggio di dirglielo.

Da qualche anno, da quando Nadia ha avuto bisogno di altri dipendenti, hanno smesso di sorridermi e ci sono rimasta male, senza capire bene. Questi ragazzotti con le braccia tornite, i capelli un po' sudati sotto i copricapi bianchi, mi servono in modo cordiale ma distaccato. Solo quando appaiono Nadia o Luce dietro al bancone mi sento di nuovo a casa: Come sta il professore? Cosa c'è che non va? Non prendertela Sara, non tutti ti riconoscono, anche perché adesso non sei piú una bambina!

E ancora non so se sono parole di complimento o di presagio.

Oggi ho scelto la strada breve e sbuco su via Mazzini, costeggio le case rosa in cui abitano ancora alcuni compagni di classe. Denise Mobili sta lí; nella sua villetta a due piani, un fratello maggiore che una volta mi ha toccato il ferretto del reggiseno perché Sei l'unica delle amiche di mia sorella che ce l'ha. Anni fa sapevo la data di nascita di Denise, di Olga che aveva sempre i boccoli, anche di Lucio Reni che puzzava di sudore. I compleanni, i nomi dei fratelli piú piccoli che adesso sono alti piú di me.

All'altezza del semaforo mi sposto sul basso Sele, sulla passeggiata di cemento che costeggia il fiume. Incrocio Faenza junior, figlio dei proprietari del frutteto, passeggia insieme a Gianrico Casamadre, uno dei poliziotti della caserma di via dei Mille. Ridono tra di loro e quando mi vedono mi fanno un cenno. La testa bassa, affretto il passo, mi sento accaldata e in ritardo. Il pomeriggio di questo 11 gennaio non ha il sole ma la solita nebbiolina che da queste parti dura per tutti i mesi spenti. Copre ogni cosa, nasconde i particolari, i grandi dicono «Anche gli errori».

Ora che sono dall'altra parte, a Basilici, cosí si chiama questa zona della Città, mi volto verso i punti di riferimento che conosco. Cerco la collinetta, l'unica parte che spicca in questa zona di distese infinite che mettono pace o domande a seconda di chi le guarda. La mia amica Marta dice che è piena di detriti chimici, scarti che i Faenza e quelli che lavorano per loro hanno prodotto in questi anni di prosperità e hanno tentato di nascondere malamente.

Anche se ci sono i rifiuti a me piace perché adesso c'è la Trinity! ha detto Rico una volta.

La Trinity è la gelateria che d'estate diventa bar discoteca. È il regno di Mauro. Se qualcuno dice Mauro chi? vuol dire che è un foresto, o un *marocchino* come dice zio Robi. Noi di Bellafonte e di Rossini siamo diventati grandi cosí, quelli di San Giacomo non so. I pomeriggi sulle sedie di plastica, i tavoli pieni di noccioline, carte da gioco, lattine. Abbiamo iniziato a dire di no alle pesche lí, un po' per scherzo, un po' perché non c'erano i grandi che ce le imponevano.

Mauro ci ha visti crescere chiedendo bibite, Goleador, patatine San Carlo e alla fine pure alcolici.

Il Ponte della Pace lo chiamano cosí anche se non è niente di che. Quando venne inaugurato fu simbolo di riconciliazione, mi ricordo le vecchiette eccitate che esclamavano Dicono che arriverà anche la Rai!

Non è come gli altri due ponti pieni di scritte, di bottigliette e di rovi. Si trova esattamente a metà tra la fine di Bellafonte e l'inizio del frutteto antico. Gli altri due si chiamano solo Ponte Nord e Ponte Ultimo ma noi di Bellafonte e Rossini non li usiamo mai. Sul Ponte Ultimo i vandali dei palazzi popolari di Basilici ci scrivono le cose sconce, ci passano i pomeriggi e una volta è stato bruciato un motorino e poi lanciato nel fiume. Il Ponte Nord, quello piú vicino alle case, è chiamato anche Indiana Jones perché qualcuno diceva che era rotto come quello del film. Pieno di rovi, vicino al cimitero, nei giorni di noia quelli piú grandi sfidavano noi piccoli per farci avvicinare: Dieci Lupo Alberto se ti butti tra i rovi, Un cornetto Algida se tocchi il legno marcio. Per fortuna gli adulti nei paraggi ci hanno fatto sempre desistere. Solo Luca Tuân ha accettato la sfida, ci è salito e si è rotto il braccio destro. Il giorno dopo abbiamo riso tutti davanti al suo braccio ingessato con una fascia color salmone.

Il Ponte della Pace è solido: il cemento ai lati, il legno consumato che scricchiola sotto i passi. Lo attraverso di fretta, oggi è già la terza volta. Sudo, i respiri cortissimi ma non sono in ritardo. Ho calcolato gli orari, ho già capito la strada piú veloce e adesso che sono qui, che devo ancora prendere via della Stazione e poi via delle Mura, mi sento pesante.

Ciao bella! un ragazzo dai capelli cortissimi mi passa accanto. Indossa un bomber grigio col simbolo bianco della Nike. Non so dargli un'età. Potrebbe essere uno dei ragazzi del potenziamento, uno di quelli che se ne stanno fuori dal market a chiedere l'elemosina. Perché saluta me? Evito di rispondere e abbasso gli occhi, che se potessero toccherebbero terra.

La scuola si chiama Istituto comprensivo Gianni Rodari. Quando don Paolo me l'ha detto ho esclamato Che bello! pensando alle filastrocche piene di magia che mamma mi leggeva da piccola. Don Paolo ha risposto Hai visto? È di buon auspicio!

La vicepreside Mauri ha avuto tutt'altra reazione. Non ti aspettare che questi alunni sappiano chi è Rodari.

Quando arrivo davanti alla scuola, i due gradini che sembrano inutili sono pieni delle loro gambe e dei loro zaini. Non sono tutti del mio corso, ce ne sono alcuni decisamente piú grandi o piú piccoli. Se ne stanno seduti, appollaiati, certi tengono le punte dei piedi piantate e i talloni sospesi in aria. Dondolano in un gioco che è di tutti. Si strattonano, si rincorrono prendendosi in giro.

Profe!

MaryLú Asare alza il braccio e tutti si voltano.

Qualche passo piú in là Charlie Dí e Taja Kolu, sedute una accanto all'altra. Penso a quei gradini di pietra fredda, a come resistono e da quanto. Due ragazzini gridano da sopra la loro testa, quando mi vedono cambiano faccia e discorso.

Dopo qualche secondo in cui ci guardiamo, Taja Kolu, quasi urlando, allunga la mano con la pesca e mi dice Ne vuole un pezzo profe?

Indossa un giubbotto nero; Charlie Dí ha i capelli stopposi bruciati da una stiratura chimica lunghi sopra le orecchie.

Entrambe mi mostrano uno spicchio dell'unico frutto che da queste parti è possibile anche di inverno e, contemporaneamente, lo allungano verso di me come a dire Tieni, ma io rifiuto con educazione.

Li invito a sbrigarsi, loro due sedute con le ginocchia al petto, e tutti gli altri sparpagliati a grappoli nei paraggi.

5.

Allora me lo dici perché non hai invitato Luca, il figlio di Catia? mi chiede mamma. Domani è venerdí e la settimana prossima finisce ottobre. Vuol dire che c'è Halloween e, come l'anno scorso in seconda, mamma mi fa organizzare una festa. Vengono tutti perché sono la figlia di Giuliana, non mi dicono di no.

Cucina la tua mamma? mi chiedono quando distribuisco gli inviti. Li porto in classe già a metà settembre per essere sicura, per essere la prima, l'unica.

Non lo voglio lui, rispondo.

Tu lo sai che anche lui è stato adottato? Magari ha bisogno di un'amica come te, Sara. Un'amica con cui ha in comune una cosa cosí bella.

Non è una cosa bella.

Che cos'hai detto?

Scherzo, aggiungo subito.

Poi scappo. Non so come si tiene tra le mani la verità, se mi cade si rompe.

A catechismo è tutto facile a parte lui.

Luca Tuân ha i capelli colore del buio, a spazzola, gli occhi allungati e le mani piccole che sembrano pezzi di Das. È arrivato nella famiglia di Catia e Filippo alla festa di San Zeno. Pa' dice che viene dall'Asia e qualcuno, a scuola, ha preso a chiamarlo Risolatte.

Ogni giovedí mi aspetta sui gradini, con la cartellina bianca che ferma il passaggio. Ci sono appiccicati gli adesivi dei Cavalieri dello Zodiaco, delle Tartarughe Ninja, Dragon Ball, li guardo sempre: se mi concentro su quelli, non penso alla paura che mi fa.

Luca ride e gli si vedono le gengive, mi chiama con parole che non ripeto. Alcune brutte, altre non le capisco nemmeno. Quelli delle classi piú grandi lo chiamano Cinesino, Chin chun chang, Limoncello. Una volta li sento anche io e rido, ma mi vergogno.

Ogni tanto, quando non mi vede, lo guardo: ha gli occhi spenti, le spalle che quasi cascano. Penso che lui non ha adesivi da guardare sulle cartelline degli altri. Mi dispiace.

Cosa facciamo oggi profe?

Rachel Ago ha le labbra sporgenti, a forma di cuore, le guance piene e la pelle che cosí lucida e bella non l'ho mai vista. Di statura è la piú piccola del gruppo, forse anche d'età. Non so quanti anni abbiano questi ragazzini e mi chiedo se sia giusto cosí, se il corso di potenziamento valga lo stesso anche senza questi dati.

Le dico solo Scendiamo giú e lo scopriamo. Spero che mi seguano, anche solo per curiosità o per noia.

Giro a Rachel Ago le schede di oggi e la invito a passarle ai compagni. È il giorno delle presentazioni. Devono raccontare un po' di loro, delle loro vite, e spero di scoprire qualcosa di piú.

Si parla molto di voi, lo sapete?

Sono entrata con i capelli raccolti, il cappotto che mamma mi ha regalato per i vent'anni. Sapere che ancora mi va mi tiene ferma nel tempo.

Chi parla di noi? chiede Giulio Abour, i capelli tirati indietro col gel. Ma poi di noi chi? insiste.

Dei ragazzi di Basilici.

Non so perché lo dico. Sono sprovveduta e lo sanno, lo fiutano subito.

Stamattina, arrotolandole per creare uno chignon, mi sono detta che queste treccine non basteranno, e nemmeno il poco trucco.

Ho rubato un po' di mascara alla mia coinquilina. Ci parliamo a stento. Il suo tono cordiale, quasi formale, mi mette sempre a disagio, allora provo a evitarla come posso. Discute spesso al telefono coi suoi, col ragazzo che abita a San Giacomo, e non le piace il lavoro che fa. Non utilizza quasi mai i fornelli e quando la mattina entra in bagno e io appaio in cucina, il tavolo è sempre pieno di fette biscottate. Perché sei venuta a vivere qui se i tuoi abitano a dieci minuti di distanza? mi ha chiesto una volta, quasi all'alba, fregandomi sui tempi.

Voglio provare a vivere da sola, vedere com'è.

Vedere cosa?

Di sicuro dicono che siamo bellissimi!

Mashallah!

Zakaria Laroui non si è ancora seduto, catalizza la classe col suo modo di parlare squillante; le parole in lingua, il muro che alza. Dico «in lingua» perché non capisco le origini, sono lingue che non si studiano, che non esistevano per me prima di Basilici. Indossa la camicia sotto la felpa, è arrivato in ritardo e ha detto solamente Scusa profe, faceva freddo, come se fosse una giustificazione.

All'appello mi ha corretto di nuovo l'accento; il suo cognome mi rimane in bocca, mi contamina la saliva, la rende acida. Non voglio mancargli di rispetto ma non capisco perché si impunti su una cosa cosí. Credo che senta i miei pensieri perché mi ha risposto con un verso di stizza, una specie di schiocco di lingua.

Dicono che siete i nuovi cittadini.

Siamo i prossimi, mica i nuovi!

Si dice solo perché prima non c'eravate.

Ho le risposte pronte. Me le ha date la televisione in cui, senza rendermene conto, ho iniziato a cercarli. Notizie su di loro, accenni, magari nel bel mezzo di un'intervista, di un servizio speciale. Me le ha snocciolate anche pa' le risposte, in tutti questi anni in cui a tavola raccontava dei suoi alunni del Tasso. È arrivata una ragazzina direttamente da Basilici e dicono sia molto dotata: dovresti conoscerla Saranostra, ti assomiglia pure un po'.

Io non assomiglio a nessuno pa'.

Mi gioco la carta della rassicurazione: Siete la nuova generazione perché siete arrivati qui da poco tempo.

Ma se siamo qui da sempre!

Benjamin Oududu con le labbra grandi e lucide di burro cacao interrompe il mio gioco. Dopo di lui la classe prende la rincorsa per venirmi addosso.

Riporto la calma zittendoli; prima con le braccia, poi con le parole. Gesti goffi. Visti da fuori sembrano le prove delle prove di un'intenzione. Attacco stralci di frasi sentite di sfuggita al tg, sui mezzi a lunga percorrenza, mentre sparecchiavo alla pizzeria Navona in via dei Mille. E piú parlo, piú è palese che il mio totem di risposte è già crollato. Loro sbuffano, spostano le sedie, guardano i cellulari. Mi chiedono di andare in bagno, dico Prima finite la scheda, e dentro spero, mi auguro, che le consegne siano per loro difficili, insormontabili.

Quando Rachel Ago allunga il collo, si schiarisce la voce e domanda Chi ha finito può consegnare e andare? so che mi ero immaginata qualcosa di diverso e devo rimediare.

Lo capisco nel momento in cui si alzano tutti in massa. Raccolgono le loro cose e lanciano le schede sulla cattedra. Se ne vanno e dicono Ciao profe, alla prossima! e i fogli che guardo sono incompleti, alcuni non hanno neanche la data, il nome, il primo esercizio svolto.

Questo corso di potenziamento è volontario, lo seguono sotto indicazione del loro insegnante di italiano che non ho mai incontrato.

Almeno è una cosa che puoi fare per aiutare davvero, ha

detto pa'. Ho capito che era un po' deluso dal mio nuovo impegno, a diventare insegnante non ci sono arrivata come sperava lui, come sognavo io. Mi sono arresa quando è diventato difficile e le parole sempre nuove da trovare non c'erano piú, non mi venivano proprio in mente.

Chissà cosa hanno detto a questi ragazzini delle Rodari per convincerli a starsene qua due pomeriggi a settimana fino alla fine dell'anno?

Non riesco a tenerli nemmeno un'ora intera e quello che ho da offrirgli sono schede e frasi povere. Tra due giorni ci riprovo senza frasi povere.

Raccolgo le schede stropicciate, lasciate in bianco. Penso alle parole della mia coinquilina, il suo «Vedere cosa?»

Prendo la borsa, il registro e le biro. Le matite che avevo portato pensando che non ne avessero.

Sui gradini adesso vuoti poggio le punte dei piedi, lascio sospesi i talloni anch'io. Li imito, provo a capire com'è assomigliargli solo quando non mi vedono.

6.

Non parlo con Rico da due giorni perché mi ha preso in giro quando mamma ha portato a casa Marcela. È piú bassa di mamma, indossa un vestito lungo fino ai piedi smanicato come se fosse già giugno e poi i suoi capelli sono liberi e intrecciati insieme. Li guardo e mi viene in mente il pane: sono morbidi e profumano di buono solo a guardarli.

Mamma dice Ci siamo conosciute in chiesa, poi aggiunge che Marcela abita in piazza Crispi, ma io non so bene dove sia. La immagino accanto al Sele, al frutteto di zio Robi perché è solo lí che ho visto quelli come Marcela. Le persone che mi assomigliano per la pelle, ma che in piazza delle Rosine o all'oratorio non ci vengono mai.

Non sono posti adatti per loro, dice zio Robi. Io annuisco, saluto gli uomini e le donne che raccolgono le pesche e quando me le offrono dico Grazie, gentilissima, ma non le mangio. Le metto nelle tasche del grembiule, nella tasca grande dello zaino. Quando, giorni dopo, le ritrovo marcite penso subito che cosí, ammaccate e marroni, le pesche non mi piacciono. E forse nemmeno le persone. Le butto nel cestino senza dire niente a nessuno. È uno spreco buttarle via, dice pa', È proprio un peccato.

Siamo nell'ingresso e mamma parla con Marcela. Lei sta in silenzio, annuisce solo quando sente il suo nome, le mani sul grembo, il volto immobile.

Sto ascoltando il lettore cd di Daniela che suo fratello mi ha dato perché i genitori dal Brasile o dalla Spagna ne possono comprare quanti ne vogliono. Ora siamo a posto tutti e tre, mi ha detto prima che litigassimo, come se fossimo nella stessa famiglia.

Fisso Marcela, i suoi occhi, e penso al rifugio per animali dove siamo andati il mese scorso perché mio cugino Iapo voleva un cane. Io e pa' lo abbiamo accompagnato insieme a zio Robi, ma appena ho visto tutti quegli animaletti nelle gabbie ho detto Io resto fuori a giocare. Dopo un po' lo zio mi ha raggiunta e mi ha chiesto Non lo vuoi adottare anche tu un cane? A casa basto io, l'ho pensato cosí forte che ho avuto paura mi sentisse.

Mamma ha la voce alta con Marcela ma pare che parli ai muri.

Le ho chiesto un consiglio sui tuoi capelli, sai? mi dice poi.

Mi sento come uno dei suoi fiori che cura, una delle sue rose che annaffia e riempie di parole buone.

Alla fine Marcela, però, i capelli non me li sistema. Li tocca, fa No con la testa molte volte e decide che è meglio aspettare. Scava con le dita fino a toccarmi la pelle della testa: adesso entra e mi buca il cervello, ho pensato.

Quando saluta per andarsene mi dice una parola che non capisco e mamma non sa tradurla.

Dopo cena mi guardo nello specchio del bagno e non mi trovo. La signora Marcela ha stravolto la mia coroncina di ricci. Adesso in testa ci sono tanti piccoli arbusti, rametti di capelli sparati ovunque e penso che Luca Tuân ha ragione a chiamarmi come mi chiama, a ridere di me. Provo ad appiattirli, spero che mi ricadano sulla faccia, che mi coprano gli occhi, o la fronte come la frangia di mamma e il ciuffo biondo di Denise Mobili. Solo da bagnati seguono i miei ordini, con le gocce che non spariscono tra i ricci. Ilenia una volta mi ha detto Sei come le anatre del Sele, quelle con le piume sempre asciutte, e io ho pensato che l'unica anatra nera che conosco è quella del brutto anatroccolo.

Mamma mi raggiunge in bagno, mi tocca la testa.

Guarda che meraviglia: sembrano una criniera!
Le criniere ce le hanno i leoni.
I leoni ne vanno molto fieri.
Arriccio il naso, e nel riflesso lei mi accarezza questa testa che è un insieme di rami senza i suoi fiori.
Adesso a dormire che domani c'è scuola.
Lo dice e si scioglie anche lei i capelli, un po' mossi e un po' secchi.
Posso pettinarti mamma? chiedo illuminandomi.
Solo due minuti e poi a nanna, dichiara con fermezza.
Se sono fortunata, quando arrivo alla frangia, mamma apre la bocca per il solletico e io trovo il mio dente d'oro, il mio posto sicuro.

7.

Cosa facciamo oggi, profe?

Perché non mi raccontate da dove venite?

Capisco subito che sbaglio domanda ma non so come tornare indietro.

Charlie Dí, in terza fila, muove le spalle in un modo strano. È un gesto senza suono ma riempie la classe, come la testa di Giulio Abour che fa piccoli movimenti circolari e Adelina Moraru che alza gli occhi al cielo. Con i gesti mostrano il mio passo falso, mi spiegano che non faccio parte del gruppo. Ma voglio dirgli che non è vero: Sono come voi, sono diversa dagli altri! Lo penso ma nella mia testa «diversa» si legge «migliore».

Eppure glielo voglio spiegare. Come ha fatto con me don Paolo e me l'ha assicurato pa'. Pure Marta e Rico l'altra sera quando ho raccontato Inizio il corso di potenziamento con i ragazzini di Basilici, e Marta ha risposto Vedi che alla fine sai sempre cosa fare, bimba!

Ce lo chiedono tutti.

Ogni volta.

Lo fate sempre.

Vi interessa solo quello.

Qui alle Rodari, qui a Basilici non lo chiediamo mai «Di dove sei?», mi spiegano poi, finalmente.

Posso chiedervi perché?

Interviene Rachel Ago: Nana May dice che la domanda vera non è «Da dove vieni», dice che è «Perché vuoi restare?»

L'unica cosa che sanno chiederci è «A chi appartieni tu?», mi dice Marta in uno dei pomeriggi lenti delle superiori. È stesa sul muretto e ci lamentiamo della vita tra i parchetti di Bellafonte e i negozi di Rossini.

Ti rendi conto quanto sia grave questa cosa? mi chiede, e io annuisco ma non capisco il fastidio. Appartengo a mamma e pa' ed è l'unica cosa che so. Il cognome, i documenti, la targhetta scritta sull'armadietto, il nome sul registro sempre verso il fondo.

A me piace il cognome Righetti!

Ma perché i padri hanno potere su tutto: i cognomi, la felicità, e poi se ne vanno lasciando solo poche briciole? chiede Marta contrariata.

Io mio papà ce l'ho sempre in testa, le dico.

Tu tuo padre ce l'hai sempre in bocca, mi corregge lei con i capelli scuri che le coprono metà faccia. Quasi pare nascondersi ma cosí non è, perché Marta si mostra eccome.

Ce l'hai sempre in bocca, continua, Ma non lo tiri mai fuori, lo tieni per te.

Perché dovrei tirarlo fuori?

Dovresti eccome, per vedere se hai lasciato spazio ad altro.

La ricordo che mi saluta per andare a prendere il latte in polvere per Pietro e mi dice solo Sorridi che sei bella, bimba. Ma a me non viene per niente.

Ne riparlo con Marta, quando esce dallo studio medico in cui lavora come receptionist a quattro euro e cinquanta all'ora. Le parlo del mio ricordo di quella nostra conversazione sul muretto e di come ci sono rimasta male per la reticenza dei ragazzini delle Rodari. Aspetto una risposta. Aspetto sempre una risposta da Marta che è la migliore amica che poteva capitarmi. Sta cercando le chiavi del suo motorino scassato.

Ma scusa, che pensavi? Che ti dicessero «Certo profe, si sieda pure che ora le raccontiamo i fatti nostri»?

Ma loro con me l'hanno fatto, me l'hanno chiesto.

Stai andando a casa loro, certo che te l'hanno chiesto!

Poi mi domanda se penso che sia una gara e io rispondo di no: deve smetterla di dire le stesse cose di pa'.

È una questione di fiducia, ci vuole tempo, bimba.

Ma io glielo do il tempo, tutto quello che vogliono!

Questo non capisci, Sara: non glielo devi dare tu, sono loro che te lo concedono.

È il 2003, passeggio sul basso Sele dopo la gara di corsa; io e Rico siamo rimasti indietro e un signore mi ha urlato Tornatene a casa tua. Mi sento come quella volta in bici, l'auto in corsa che urla Africana! e mia cugina che sorride e solo dopo dice La prossima volta gli rispondiamo Bugiardo! Io mi chiedo come faccia una macchina a gridare. Il giorno del mio tredicesimo compleanno, alla festa dell'oratorio Luca Tuân scrive NEGRA col pennarello sul mio bicchiere di plastica: non lo vede nessuno e io lo butto subito, ancora pieno di aranciata. La professoressa di inglese mi fa i complimenti per l'ultimo compito: Brava, dice, sei proprio migliorata, peccato che quelli come te non ci vanno al liceo. Faenza junior mi fa le linguacce sulla via di casa. Quando lo racconto a mamma, quando le mostro i gesti che mi ha fatto, la sua faccia si fa rossa.

Da un po' di tempo mi dico Queste cose tienile tutte per te Sara, ed è quello che voglio fare.

Cosí scelgo di restare sul divano con le gambe incrociate. Penso agli indianini di Peter Pan davanti al fuoco e osservo mamma muoversi, agitarsi al telefono, buttare giú il mondo per una linguaccia.

8.

Lei la conosce la differenza tra fiume e torrente, profe?

Come?

Quella di geografia ci ha chiesto di scriverla per compito.

La prima cosa che vedo sono le scarpe di Zakaria Laroui che non sono piú bianche ma sporche di fango. La settimana scorsa le guardava, le toccava, sui gradini diceva a tutti Le ho pagate piú della macchina dei tuoi, e gli altri tacevano invidiosi o indifferenti.

Cos'è successo alle sue scarpe Laroui? chiedo provando a guadagnare terreno. In questo gioco di spazi se mi distraggo la lezione è già in frantumi.

La sa la differenza tra un fiume e un torrente, sí o no?

Sono impreparata come ogni volta che entro in questa classe: No, non la so, rispondo insieme a uno sbuffo che mi esce già stanco.

All'andata, sulla strada piena di buche di via delle Mura, mentre avanzavo inciampando, ho pensato Adesso torno indietro, oggi salto la lezione, tanto che cambia?

Ora sono qui con il maglione verde che mi hanno regalato gli zii qualche Natale fa («Per la nostra unica nipote bellissima») e mi ripeto con la lingua appiccicata al palato: tanto che cambia?

Le schede di oggi parlano di guerre mondiali, di partigiani, di Patria con la p maiuscola e altre cose come le trincee, la leva obbligatoria, gli assedi che piacciono ai coraggiosi e feriscono i sensibili. Avevo in mente storia, ma loro mi tagliano la strada con una domanda di geografia.

Penso al fiume che separa Bellafonte, Rossini e San Giacomo da Basilici. La Città, come la chiamano in questa zona che non è periferia e non è ghetto, anche se gli anziani lo definiscono cosí; una parola che hanno preso dalla televisione e che adesso masticano con disprezzo. Non ci avevo mai fatto caso fino a quando l'altro giorno la signora Luciana dell'oratorio mi ha chiesto se ci andassi davvero in quel posto lí.

Dove? le ho chiesto, un po' facendo finta di non capire.

Là nel ghetto, in mezzo agli stranieri, mi ha risposto lei passando un canovaccio pulito sopra al bancone già limpido.

Ho sempre pensato di avere le risposte giuste, quelle che impari se cresci in un posto piccolo come questo. Dove le strade dividono tre quartieri e un fiume e almeno una volta, sul corso principale, sei andato a sbattere contro la spalla di ogni abitante chiedendo scusa, salutando di fretta. La strada un po' in salita, subito dopo il Tasso, e in un punto preciso Bellafonte che diventa San Giacomo. I cancelli, le crepe nell'asfalto che d'estate si vedono meglio, le volanti della polizia che girano lente, i segnali stradali sbiaditi, il bar in piazza con la fotografia del presidente del Consiglio accanto al calendario della Juve, i bambini sul marciapiede e le mamme che sono state mie catechiste, i padri che mi hanno dato ripetizioni di matematica, che mi salutano e mi chiedono Come sta zio Robi?

Le sneakers macchiate per sempre di Zakaria Laroui si muovono impazienti sotto al banco e penso subito al fango, alla terra e al frutteto.

Giulio Abour oggi non ha voglia di guardarmi, di venirmi in aiuto. E i banchi di Benjamin Oududu, di Charlie Dí, MaryLú Asare e Rachel Ago sono vuoti. Mi aggrappo alla presenza di Taja Kolu e Paul Bonafede, placidi al loro posto e nel loro silenzio.

Dove sono tutti? chiedo.

Ci conto: siamo otto.

Cosa te ne frega se è un fiume o no? chiede Mihai

Kostenko al compagno seduto esattamente dietro di lui. Sul banco il passamontagna che gli ho chiesto di togliersi almeno in classe.

Zakaria Laroui che ha lanciato il tema di questo mercoledí pomeriggio fa spallucce quasi non gli interessasse piú la questione. Voleva distrarre tutti e ci è riuscito. Un po' non lo tollero, un po' lo apprezzo perché ha aperto una porta piccola da cui vogliamo passare tutti.

Pensa al Sele, interviene Paul Bonafede, Mio padre non lo chiama fiume né torrente, né niente: per lui è il Sele e basta. Dice sempre che solo in Città si preoccupano tanto di come chiamarlo.

Tuo padre lo dice perché è un *sísí*, Zakaria Laroui ha la voce secca e cattiva, E tu sei un *midi* e manco dovresti parlare.

Pronuncia due parole che riconosco, ma non so se ho compreso.

Guarda che è sua mamma a essere bianca, non suo papà.

Cosa cambia? Zakaria Laroui risponde a Taja Kolu che si è inserita in questo scambio teso che ora non so come fermare.

I due ragazzini si guardano, le labbra tirate di lei, gli occhi fermi di lui, e la manciata di compagni che ascolta con attenzione mentre fingono di cercare una biro, di completare una scheda.

Non lo so che cambia, mica è la mia di mamma.

Ma se ha il cognome italiano vuol dire che suo padre è italiano no?

Questo non lo so, lo devi chiedere a lui.

Allora se non sai niente stai zitta, Taja-Tajine!

E tutti ridono, anche se è una battuta vecchia e troppo stupida pure alle mie orecchie che la sentono per la prima volta. Zakaria Laroui ha la furbizia di quelli che hanno imparato a difendersi presto, senza nemmeno capire il perché. Questo lo rende vincitore sempre, anche quando gli altri non stanno giocando e non attaccano. Guardo la ragazzina, le guance un po' cadenti, quasi a prepararsi al pianto ma invece non succede. Gira il foglio, va avanti con i suoi esercizi.

Ce l'ha dato come compito perché sulle cartine l'acqua ha un nome, puntualizza Adelina Moraru fissando il quaderno che apre all'inizio di ogni lezione senza usarlo mai.

Mia zia dice che il Sele è fatto solo per scorrere, una volta gliel'ho chiesto. Taja Kolu oggi attira la mia attenzione. Dice quello che dice con leggerezza. Le treccine raccolte in una coda bassa. La mano sinistra che tiene la biro in un modo buffo simile a quello di un mio compagno dell'università.

Quando incrocia il mio sguardo la incoraggio ad andare avanti ma non ha niente da aggiungere; lo esprime con un gesto netto del capo. Ci resto male ma non lo dico, non posso.

Il torrente può rimanere senza acqua completamente e a volte va direttamente al mare. Il fiume non rimane mai asciutto e può esserci anche sottoterra, anche se noi non lo vediamo. Giulio Abour si scoccia di questa partita a ping pong tra i compagni e ci spiazza cosí. Oggi è senza occhiali e senza ricci neri davanti agli occhi.

Zakaria Laroui annuisce, gli dice qualcosa nella loro lingua e io non capisco se volevano solo provocarmi, farmi perdere tempo.

Non replico e domando delle schede. Appoggio la mano sul banco di Abdul Shakoor Faaria mezzo assonnato come tutti i pomeriggi e gli dico di sbrigarsi che il tempo corre.

Le sue sopracciglia spesse si muovono e creano la forma stilizzata di una montagna. Sei arrabbiata? mi chiede con un'innocenza che lo fa bambino anche se delle spalle cosí le ho viste solo agli adulti.

Non rispondo. Mi siedo dietro alla cattedra che è solo un tavolo, guardo l'orologio appeso sopra la porta e mi ricordo che è rotto: segna solo le quindici e non è possibile perché sono qua dentro da un anno almeno.

Appoggio la schiena alla sedia e socchiudo gli occhi anche se non voglio perderli di vista mai. Sono qui per vigilare il loro operato. Ha detto cosí la Mauri quando mi ha spiegato in corridoio come dovevano andare le cose: Non sprecare tempo a diventare loro amica, non è questo il tuo ruolo anche se ti verrà facile per l'età, per la somiglianza.

Quando ha detto somiglianza, con la mano libera dai registri ha indicato il mio viso, come se qualcosa che ho in faccia fosse il mio punto di contatto con i ragazzini delle Rodari.

Sono qui per controllare, per assicurarmi che completino le schede, che finiscano questo programma di recupero delle lacune enormi che hanno accumulato nascendo qui, nascendo cosí.

Non hanno colpe, se non quella di essere da questa parte del fiume.

Sotto sotto, quando ho accettato l'impegno, questi ragazzini li avevo immaginati sveglissimi come gli alunni di pa'. Quei temi arguti, le domande pungenti e lui che aveva sempre una risposta giusta che ci raccontava a tavola. Li avevo sognati curiosi, accesi, e io pronta a tenerli in vita con gli appunti che mi ritrovo a preparare mentre M. mi sposta le treccine e baciandomi il collo dice Adesso basta, chiudi tutto: stai con me.

Pa' seduto sul water che ci legge Omero e *Moby Dick* mentre con mamma faccio il bagno nella vasca; il campo estivo con gli animatori che facevano i quiz e io sapevo già tutte le risposte; Iapo che a tavola cantilena Sara sa sempre tutto, un po' scherzando un po' lamentandosi. Le lezioni di latino nell'estate prima delle superiori all'oratorio con Luciana, che quando si è sposata è diventata la signora Luciana.

Ecco cosa penso mentre guardo il pugno di vite che ho davanti a me e mi chiedo a che serve. Vorrei uscire di qui, attraversare il fiume e raggiungere il frutteto.

Ma mentre immagino la fuga è sempre Zakaria Laroui

che mi riporta indietro. Prima lo sento, poi lo vedo sotto la luce fastidiosissima del neon.

Posso dire solo l'ultima cosa profe? chiede senza aspettare il mio assenso. Per me il Sele è un posto che tiene l'acqua e se vuole la porta al mare.

E se non vuole, che fa? interviene Taja Kolu che è come me da bambina, ma ha molto piú coraggio o voglia di provocare. Io una cosa del genere me la sarei tenuta solo in testa.

Non lo so, risponde lui con le mani nelle tasche del giubbotto. Non se lo toglie mai per il freddo, credo, anche se ormai tutto quello che penso su di loro crolla giorno dopo giorno.

Neanche la profe lo sa, continua. Non sa le cose anche se è una di Città, è una *sísí* ma è anche una di noi, ha il cognome italiano come Bonafede ma non è solo italiana: la profe è come il Sele.

Che vuol dire? lo incalza Giulio Abour. Non so se mi stia difendendo o se voglia darmi il colpo di grazia.

Vuol dire che va bene cosí, che non lo dobbiamo sapere per forza da dove arrivano, come li chiamano, volevo dire solo questo.

Che la profe Righetti è come l'acqua? chiede Amina Tilli che non ha detto niente fino ad adesso.

Tipo, risponde Zakaria Laroui annuendo un poco. Alla fine è acqua, e l'acqua è sempre uguale, non fa mica del male, vero profe?

Dico Sí mentre mi siedo meglio e prendo tempo per riscaldare le mani fredde, disoccupate.

Ogni volta che provo a raccontarli a Rico mi vengono solo parole banali, lui su Skype mi dice Vabbè sono stranieri Sara, non è mica un reato dirlo, e io capisco che non capisce cosa intendo.

So che li ho desiderati affabili, accondiscendenti ma anche in grado di tenermi testa, di sfidarmi con entusiasmo. Nella mia immaginazione dovevano essere tanti, pronti a pendere dalle mie labbra. Invece sono in otto e cado io dalle loro, e anche se sono grandi, piene, secche, scure, diverse da quelle da cui ho imparato tutto quello che so, non mi aggrappo, sussulto e basta.

Due ore fa, sul Ponte della Pace, mi dicevo Adesso scappo, tanto che cambia?

Invece cambia. Perché non sono io che li guardo ma sono loro che guardano me. Mi scovano, mi chiedono di uscire dal frutteto, dal nascondiglio, da questo punto altissimo e lontano da cui sono convinta di vederli, di saperli, e che era facile.

9.

La quinta elementare è l'anno degli esami, del Poi iniziano le medie e sarà tutto diverso. Ma è anche l'anno in cui prima delle vacanze di Natale giochiamo nell'atrio con quelli di quarta e di terza. Sono piú chiassosi, piú piccoli e non ci stanno sempre simpatici.

Tra di loro, poi, c'è Luca Tuân.

Quando la maestra si ricorda che veniamo tutti e due da paesi lontani ci mette vicino e mi chiede se mi va di aiutare Luca a scrivere la lettera a Babbo Natale.

Rispondo di no, che non mi va, ma lei ride pensando sia uno scherzo.

Luca Tuân, che a scuola chiamano Luca Cosimini, con il cognome di suo padre Filippo che fa il volontario alla Croce Rossa, non mi degna di uno sguardo. Sta sempre in disparte, non gioca con nessuno e una volta a ricreazione ho sentito le maestre dire che era un bambino difficile.

Non come Sara, ha detto la maestra Paola. La maestra dell'altra sezione ha replicato: Sei fortunata tu, hai avuto la figlia di Giacinto e della Giuliana. A me è capitato una specie di mostro!

Non appena si sono rese conto che origliavo mi hanno detto di tornare a giocare con gli altri.

Non vuoi chiedere a Babbo Natale di avere piú amici? gli domando con tono gentile come mi ha insegnato la mamma.

Tu non li chiedi i soldi a Babbo Natale? sembrava non ascoltarmi invece mi spiazza.

I soldi? Noi bambini non ne abbiamo bisogno, ce li hanno i nostri genitori.

Tu lo sai quanto sei costata?

Spalanco gli occhi: non capisco. Attorno i bambini schiamazzano, giocano con i glitter e la colla, Denise Mobili ne ha le dita piene e ride con la bocca aperta.

Non lo sai? mi chiede ancora con la stessa voce cattiva che gli viene fuori a catechismo. I nostri genitori ci hanno comprati, hanno pagato per portarci a casa.

Ma cosa stai dicendo?!

Io sono costato come una nave da crociera, cento milioni perché i miei sono venuti a prendermi in Asia. Tu sarai costata niente perché ti hanno preso nel ghetto, dell'altro lato del fiume.

Non ci vedo piú. I glitter, i cartoncini colorati, l'albero di Natale che c'è nell'atrio, il grembiule della maestra Paola e i mattoni rossi delle pareti della scuola. È tutto mosso, tutto liquido.

Urlo Maestra ma quando arriva non so cosa dire.

In pancia ho un temporale, come quella volta che zio mi ha chiuso nella legnaia per scherzo.

Lui ride. Lo sa che non avrò il coraggio di dirlo alla maestra, neanche alla mamma.

È gennaio, è la sera della Befana. Le vacanze sono quasi finite. Le gambe sotto le coperte, pa' che mi ha letto un libro da grandi preso dalla sua libreria e uno da piccoli preso dalla mia.

Come si dice quando uno spende tanto per comprare una cosa e poi deve ridare indietro il denaro?

Si dice «avere un debito».

E quando hai un debito enorme, gigante, e però non hai i soldi per, per…

Per ripagarlo?

Eh, quando non hai i soldi per ripagarlo che fai?

Di solito le persone grandi li raccolgono col tempo: col

lavoro, con i risparmi. Ma perché ti vengono in mente queste cose Saranostra?

E se proprio uno i soldi non ce li ha? Cosa succede? Cose gravi?

A volte sí.

Ma gravi quanto?

Non lo so!

Resto in silenzio e non ho piú sonno.

Poi dico Luca della quarta C ha detto che voi ci avete comprato.

Ma Sara, sei impazzita?

Dice che ci avete comprato e che dobbiamo ridarvi indietro tutti i soldi.

Sara non ripetere mai piú queste cose. Adesso parlo con la mamma e domani parliamo subito con Luca e i suoi genitori: queste cose non le devi neanche pensare!

Però, inizio con il labbro che mi trema.

Però niente. Togliti dalla testa questa cosa subito. Sono cose che non si dicono e non si pensano.

Ma Luca ha detto che è vero.

Luca spesso dice le cose solo per dirle, per farsi grande agli occhi degli altri. Luca è molto insicuro.

Le maestre dicono che è un mostro. Se dicono che è un mostro vuol dire che è rovinato, se è rovinato allora lo danno indietro.

10.

MA QUESTO M.? È QUELLO GIUSTO? mi scrive Rico a bruciapelo.

M. LASCIAMOLO DOV'È, rispondo.

Col nome puntato, cosí riesco ad arginarlo, lui e le gambe belle che ha e che se le merita tutto l'Adriatico. Chiudo la conversazione con Rico e penso al modo che ha M. di baciarmi prendendomi il viso tra le mani. Ogni volta mi dico che sono troppo piccole per i suoi anni, per il lavoro che fa, per contenermi.

Ha una giacca piena di tasche che adoro, gli occhi all'ingiú. È sincero, generoso. Quando ride non si scompone, mangia con la bocca chiusa, dorme senza muoversi per tutta la notte, chiede scusa se sbaglia e mi piace perché la genetica con lui è stata precisa al millimetro: è la fotocopia dei suoi genitori, e dei miei non mi chiede mai niente. Quando li ha visti ha detto Piacere, mi chiamo Matteo, in modo gentile. Alla sua laurea mi ha messo la sua corona d'alloro in testa e mi ha detto È tutto qui.

Rico e Marta, a distanza di anni e di stanze, mi hanno chiesto spesso quale fosse per me la persona giusta. Alle elementari mi piaceva Alessandro ma dopo la festa di Halloween ha smesso di piacermi e fino alla fine delle medie pensavo di avere dei problemi. Alle superiori a tutte piaceva un ragazzo del quinto anno e cosí me lo sono fatto piacere anch'io. Una volta è entrato in classe per le elezioni dei rappresentanti di istituto e mi ha detto Ciao Sara, poi mi ha invitato a prendere una cosa al bar della scuola. Tutte sono state gelose di me per qualche giorno, ma io sapevo che si sbagliavano: il suo obiettivo non ero io ma mio padre, il suo insegnante.

Ci sono state mani sfiorate, uscite di scuola con il cuore in gola ma niente di che fino a M. Piú crescevo, piú trovare la persona giusta mi è sembrato un obbligo. Piú per i miei amici che per me. Per le domande sul sesso di Rico, le allusioni e le lezioni sul «non farsi fregare» di Marta. I compagni dell'università frequentata cosí poco, i conoscenti, a volte i passanti, i clienti al lavoro. Li ho guardati tutti, li ho osservati e ho provato a immaginarmi accanto a loro. È stata Marta a insegnarmelo: Se uno ti piace vuol dire che pensarti accanto a lui mentre dormi non ti fa strano, nemmeno litigare, andare al mare o stare sul water. Buttavano lí dei nomi per prendermi in giro o mettermi alla prova ma mi sono sottratta sempre: la mia persona giusta è al plurale, non posso rischiare di averne solo una e poi perderla.

Hai sempre questa paura di perdere le persone tu, ma che cosa vuoi perdere, che ti stanno tutti appiccicati?

Ho perso le chiavi di casa e della buca delle lettere, i libri che mi prestano (non quelli di pa'), il cellulare due volte e la prima ho pure pianto, le pinne arancioni di Ilenia quella volta al mare, la voce di nonna Gemma, un paio di jeans che mi facevano le gambe magre, un anello che per fortuna non era di valore e altre cose. Me ne vengono in mente alcune, provo a contarle in quest'altra giornata di cielo terso su Basilici.

Sono in anticipo per la lezione e guardandomi in giro mi sembra un quartiere costruito apposta per il mio passaggio. Non capisco se, come in un film che da piccoli faceva paura a tutti, il fantasma sia io o le persone sulla strada, che sbucano dalle finestre, dai negozi.

E comunque, se io sono inciampata spesso prima di trovare M., Rico si è innamorato cosí tanto che a volte mi è parso di esserlo pure io con lui.

Rico si è innamorato di Mara che andava sempre ai concerti, di Michi che voleva avere tutto, di Saro che raccoglieva le pesche e beveva vino bianco alla Trinity, di Fabio che gli disse Parti con me, di Annapaola con i tatuaggi sulle gambe e un cane fastidiosissimo, e di altre vite ancora. Per me è stato strano solo all'inizio, per Marta mai, per tutta Bellafonte e Rossini lo è ancora adesso. A San Giacomo non lo so che dicono, non ci vado mai.

È solo una questione di aggettivi, ha detto un giorno a tavola. Mamma che gli tendeva il bicchiere di latte freddo, gli occhi strizzati per vederlo meglio, forse capirlo.

Cambia solo il finale del nome, a volte nemmeno quello, ha spiegato, Il resto è sempre uguale. Io mi innamoro e metto su il mio solito spettacolo.

Quando mamma ha riso le ho spiato dentro la bocca per trovare il mio dente d'oro, e in casa nostra non se n'è parlato piú.

I primi ad arrivare alla festa di Halloween sono Iacopo e Ilenia vestiti da Batman e da Strega. Ilenia quando entra dice subito Dopo vado alla festa dei grandi, e un po' mi scoraggia.

Mamma mostra a tutti il tavolo della cucina pieno di cibo, il camino acceso che scoppietta e io penso al profumo buono che fa perché dentro c'è anche il legno dei peschi di zio.

Gli altri arrivano a grappoli e la casa si riempie. Dimentico il legno che brucia e mi sento orgogliosa, amata, voluta perché sono venuti in tanti. Alcuni lo hanno fatto perché sono la figlia di Giuliana che è la cuoca dell'asilo e ha cucinato la pasta per tutti. Non mi importa un granché, durante la festa stanno con me mica con la mamma che va al piano di sopra a riposare.

È pa' a restare con noi, a lui piacciono le feste. Quando sta con noi non è il professore del liceo, e non è neanche il papà che fa le domande serie o che gioca ai sinonimi. Balla, mangia i popcorn con le mani unte e beve la Coca-Cola. Gli altri genitori arrivano alla fine e hanno fretta, sgridano i figli, li richiamano con le voci stanche, mentre pa' non dice mai Andiamo: noi siamo già dove dovremmo stare.

Sono in piedi, in mezzo al salone col mio vestito di Trilly verdissimo, quando arriva Francesco Lo Rico. Non ci speravo ed è accaduto. Gridano tutti.

È arrivato Rico! urla Denise Mobili e io sono gelosa perché lei ha un soprannome per lui e io non ci avevo neanche pensato. L'animatore sfrutta questo arrivo per il prossimo gioco di società. Io non lo volevo, mi bastavano i giochi di carte di pa', ma mamma dice che fa le feste ancora piú belle e allora ho detto Ok, cosí lei è contenta e io non sono quella diversa. Almeno in questo.

Nel bel mezzo del gioco Francesco «Rico» alza la mano e risponde fierissimo alle domande dell'animatore che è tutto sudato ma sembra felice di stare qui con noi.

Ecco Rico com'è: un vulcano si è svegliato nel centro del soggiorno e nessuno se lo aspettava. Adesso la festa sembra la sua: tutti lo guardano, tutti dicono Che bravo Rico, Che forte Rico. Per il gioco a squadre si volta, mi cerca e mi fa l'occhiolino come zio Robi e quelli grandi seduti al bar, ma lui è del 1992 e certe cose non so dove le ha imparate. Che vuoi Rico?

11.

A scuola dicono che non ho la faccia da Sara.
Chi lo dice?
Denise.
Devi dire a Denise che i nomi non si danno in base alla faccia.
Voi perché mi avete chiamata cosí?
Era il nome perfetto quando sei arrivata da noi.
Non ne avevo uno prima?
Tu eri Sara anche prima, solo che nessuno lo diceva.
Pa'.
Dimmi Saranostra.
Al posto di faccia volevo dire pelle.

Fuori dalle Rodari i ragazzi sono sparpagliati, divisi in piccoli gruppi. Quando mi vedono si girano tutti insieme.

Ci sono i colloqui! urla Benjamin Oududu indicando la porta spalancata e un gruppo di donne sulla soglia.

Nessuno mi ha avvisata.

Tra l'ingresso e l'atrio della scuola c'è un gruppo cospicuo di quelle che immagino le madri degli alunni della mattina, qualche uomo, molti bambini dalle età piú disparate. Le donne hanno le facce tirate, le borse a tracolla, extension rosse o biondissime, sacchetti della spesa ai piedi, cellulari incastrati nel velo, figli piccoli in braccio, legati al dorso con dei teli; le voci e i richiami di chi sa farsi sentire. Gli uomini, anziani per lo piú, hanno le mani nelle tasche dei pantaloni, le labbra serrate. Se ne stanno in disparte quasi a non voler disturbare.

Ai ragazzi dico Vi aspetto giú e, prima di tutti loro, passo in mezzo alla folla. Tra i profumi e le voci mi sento ancora come se a scuola dovessi andarci io, straniera sull'ingresso.

Il corridoio principale è pieno. È quasi un mese che entro da questa porta di vetro e non ho mai visto cosí tante persone.

So riconoscere subito un docente da un padre, dalla madre di un Benjamin Oududu. Non è per la pelle. Quella fa molto, certo, ma quando mi scopro a pensarlo mi vergogno.

Mi chiedo che cosa sono, che posto ho nel controsenso che ho messo insieme da sola, mentre cerco la vicepreside Mauri ma non la trovo. È un uomo con le rughe marcate agli angoli della bocca a dirmi che non c'è: Non viene mai ai colloqui generali. Forse è un bidello anche se non si dice piú cosí, la parola giusta non mi viene ma pa' me l'avrà ripetuta milioni di volte. Decido di aspettare i ragazzi nella nostra aula con le finestre che danno sui polpacci dei passanti, se ci fossero per davvero.

A Basilici decide tutto lui!

Mihai Kostenko parla con qualcuno alle sue spalle. Non glielo chiedo neanche di togliersi il passamontagna. Lo sfila lui però, e sotto la fronte di perla, proprio sull'occhio, un livido grande come un'arancia gli mangia la faccia. Io riesco a dire solo Oddio.

L'hanno presa a pugni, Kostenko, dico e non chiedo. Al mio tono tra accusa e sconcerto il ragazzo risponde con una smorfia.

Non è niente profe, e io non capisco questa cosa di minimizzare.

Lasci stare, mi dice Adelina Moraru che gli siede accanto. Lo fa con un tono materno nei miei confronti e non so se provare fastidio o stupore. Tocca la spalla di Mihai Kostenko, quasi ad assicurarsi che stia bene. Mi dice solo

Queste cose succedono fuori da qui, e cosí tiene fuori anche me. Tirando la sedia sotto al banco chiude la conversazione.

Tu dici che Faenza è il piú potente a Basilici ma secondo me sbagli, se ne esce Zakaria Laroui. Sul banco un pacchetto di sigarette che non gli ho mai visto.

Secondo me anche. Ma guarda, Charlie Dí è di nuovo tra noi. Penso Bentornata signorina ma non dico nulla e mi rassegno a subire di nuovo il tema del giorno.

Un altro pomeriggio insieme e loro discutono del signor Faenza. Tra qualche mese ci saranno le elezioni di circoscrizione. Ne ho sentito parlare in giro e anche a casa perché zio Robi scherzando ha detto Quest'anno mi candido anch'io cosí vediamo chi comanda!

Ha riso zia Fausta con le vene in superficie sulle mani, ha riso Ilenia che guarda suo padre sempre con un po' di tristezza e ha riso pure Iapo con la divisa da lavoro ancora addosso e il sorriso sghembo, che quasi cadeva.

Tu non sai niente, dice Mihai Kostenko con tono appassionato. È Faenza che decide quanto costano le nostre case, e pure cosa può vendere il padre di Giulio in negozio. Persino lo zio di Taja-Tajine deve stare attento al suo MoneyGram se passa lui.

Non chiamarla cosí, ringhia subito Charlie Dí. Taja Kolu invece fa una boccaccia come a dire Non fa niente, non mi interessa, non mi tocca, e io vorrei toccare lei.

Faenza è importante davvero profe, Rachel Ago scandisce bene le parole e lo spazio che ha tra i denti la rende bella, luminosa.

Le elezioni le vince Tubiya! dice David Burite.

Scopro che Tubiya è l'imam della moschea che in verità non è una vera moschea ma un capannone.

Ci pregano tutti: i musulmani, i cattolici, gli ortodossi, gli evangelici... solo i sikh non ci vengono, vero Abdul?

Mihai Kostenko dà un calcetto alla sedia davanti, dove Abdul Faaria dormicchia nel suo cappuccio tirato fin sopra le orecchie.

A Basilici Tubiya e Faenza si fanno la guerra, continua Rachel Ago muovendo le mani grandi.

David Burite dal fondo della classe fa un gesto per dire Adesso non esageriamo.

Dal piano di sopra il rumore di sedie e banchi. Se uno di quei genitori dovesse arrivare per sbaglio nel seminterrato, bussare alla porta difettosa e chiedere Cosa state studiando? io risponderei con candore Non lo so.

Hanno creato loro il frutteto, io lo so perché il mio papà ci lavora lí. Niente ciocche in bocca per Amina Tilli oggi, il solito skateboard appoggiato al banco e io che la guardo e capisco solo ora che coi capelli ci copre il neo in mezzo alla faccia.

Tuo padre lí ci fa il bracciante, Benjamin Oududu punta il dito verso la compagna.

Tuo padre è sparito da dieci anni ma mica te lo faccio notare, ribatte lei.

La classe fischia. Questa ragazzina mi ricorda Marta alle superiori.

I Faenza hanno preso tutto: gli appartamenti, la terra; danno e tolgono il permesso a chi vuole aprire i negozi, Dirir del piano terra dice che dettano legge! Anche con quelli come noi.

I foresti, dice Adelina Moraru facendo il gesto delle virgolette.

I *moretti*, aggiunge Giulio Abour.

I *marocchini*, dichiara Zakaria Laroui, E i rumeni, i peruviani, i *coglicogli*, i *lavalava*.

Gli abbiamo occupato tutto lo spazio e lui che ha fatto? Ci ha messo a raccogliere le pesche!

Come gli schiavi, profe.

Mentre loro parlano io, con le schede ancora vuote sul tavolo, provo a scoprire che storia è questa. Recupero pezzi, nomi. Briciole lasciate sul pavimento di quest'aula per tornare a loro come un Pollicino senza fiato.

Alla fine il piú stronzo di tutti è sempre Chère-Merde.

La classe esplode e io penso ai petardi di Capodanno. Agli scoppi inaspettati, quella volta, sull'Adriatico a casa di zio Robi senza mamma e pa', a vedere la demolizione di una palazzina abusiva.

Chiedo di questo «Chermer» e arranco come unica condizione possibile.

Casamadre, sibila Mihai Kostenko e il livido che ha sul volto, a pensarci bene adesso, mi fa venire in mente un fiore.

Ma state dicendo Gianrico Casamadre?

La professoressa conosce il nome di Chère-Merde, la profe è amica della polizia!

Chère-Merde è il peggiore di tutti, Una volta quello mi ha rotto il labbro, A mio cugino Dirir ha fatto un controllo e gli ha tolto la patente e tutti i documenti, Zion una volta ha detto che l'ha spinto: io ci credo!

Una cascata di parole.

Profe davvero conosce Casamadre?

Certo, ma guardate che non è cosí: all'oratorio d'estate ci faceva gli scherzi con l'acqua dell'irrigatore al campetto.

Profe ma lei lo sa che è Casamadre che ci porta i ghiaccioli?

Li portava anche a noi, rispondo subito, Quelli al gusto pesca erano i miei preferiti, me lo ricordo ancora! Lo aggiungo anche se è ovvio.

Davvero la portava a prendere i ghiaccioli? chiede Amina Tilli. Il neo adesso mi sembra cosí evidente che chissà come non l'ho visto prima.

Non è che mi portava a prenderli; li davano all'oratorio come merenda al campo estivo.

Charlie Dí alla parola «ghiaccioli» ha allungato la mano sul braccio di Taja Kolu e quasi mi sono allarmata anche io.

Che cosa vogliono questi ragazzini da Gianrico Casamadre che ha fatto il poliziotto come suo padre e come il padre di suo padre, lo sanno tutti a Bellafonte? I ghiaccioli alla pesca non sono buoni ovunque? Cosa ho detto questa volta di strano?

12.

Una notte sogno il frutteto.

Succede perché lo vedo sempre. È dentro di me, tutto intorno e non solo nei sogni. È inutile che io me ne vada come dice Rico: qui sta, è incastrato tra le braccia, in questi capelli che sono intrecciati anche quando li pettino.

Nel sogno lo osservo dall'alto come mi è capitato solo quella volta in elicottero con zio Robi che voleva festeggiare l'espansione. Siamo diventati ricchi Sara, urlava ma con il protettore per le orecchie non lo sentivo. Riuscivo a leggergli solo le labbra e provavo a ridere come lui nonostante la paura.

Nel sogno è notte ma io vedo tutto con chiarezza. Vedo i filari delle piante rigogliose. Sono centinaia, migliaia. Tra una fila e l'altra zolle di terra. È tutto sereno anche se è buio e silenzioso. È tutto tranquillo fino a quando scorgo un movimento. Ne inseguo il suono e penso a un animale, a una lepre o a uno di quei cani randagi che arrivano da piazza Crispi e rovinano le radici.

Rincorro il movimento e mi rendo conto che l'animale ha un'andatura quasi musicale, un braccio, anzi due e una testa che si muove rapida. È una persona, una vita in carne e ossa.

Che ci fa lí? Non sente il pericolo? Di notte i peschi si dicono i segreti di Bellafonte, di Rossini, di San Giacomo non so.

Mi agito nel sonno, c'è qualcosa che mi fa paura. Dall'alto la scena è limpida, spaventosa come questa notte miraggio. Riconosco i confini della vita reale, tutte le linee che ho imparato, i limiti da non varcare mai: a nord i campi che diventano sterpaglia; a ovest il Sele che scorre lento baciato dai riflessi della luna; a est la statale che porta alle altre città o all'autostrada per andare al mare, allo stadio, al mondo fuori dai quartieri; a sud, infine, la Città coi quartieri e solo molto dopo tutto quello che non so, che nemmeno in sogno immagino.

Vai via! Vai via! Provo a dire alla sagoma, alle braccia e alla testa che intravedo nel buio.

Scappa da lí, farfuglio. Ma sto sognando e nessuno mi sente.

Quando alza lo sguardo e mi fissa nel bel mezzo della notte, mi sveglio dall'incubo, dal presagio. Nel dormiveglia so che ho visto una bambina con gli occhi grandi, che si è trasformata in una ragazzina coi capelli corti, la bocca socchiusa che dice qualcosa ma non capisco, non sento.

Quando mi sveglio del tutto è l'alba e ho il sapore della terra in bocca.

Dopo due ore non so già piú se nel frutteto ho visto me stessa, Taja Kolu, Charlie Dí che mi ruotano sempre in testa o una qualsiasi delle ragazzine che mi capitano sotto gli occhi da quando frequento Basilici.

Mi preoccupa questo non saper piú riconoscere i miei confini, la pelle che mi ha sempre contraddistinto.

Mi rende nervosa. Mi scopro infastidita perché non sono piú la sola.

Sono confusa perché non sono piú sola.

13.

Cosa ne dite dei libri?

Marta ha detto È una stronzata.

Rico ha riso con la bocca piena di patatine fritte, e mi sono chiesta se lí in Spagna sia in grado di mangiare dell'altro.

M. dopo un bacio sull'angolo della bocca mi ha risposto Perché no? ma non mi ha ascoltato per davvero e il mio entusiasmo si è spento subito, senza avvisare come i lampioni.

Per un attimo ho pensato di chiederlo anche alla mia coinquilina silenziosa ma non mi risponde alla chat da tre giorni.

Portagli la cosa che conosci meglio di te e del tuo mondo, mi ha detto pa' di ritorno dal lavoro.

Gli ho chiesto un consiglio. Ho messo da parte l'orgoglio, ho attraversato il quartiere, aperto la porta di cui so ogni scricchiolio, sbirciato il frigo e atteso nella sera. Quando pa' è rientrato l'ho assalito con la mia ansia di essere quella brava, quella che deve farsi valere.

Cos'è che ha detto dei libri? Che vuol dire?

Ripetono sempre quello che chiedo, mi canzonano, fanno scorrere il tempo. L'inverno è ancora sveglio e la condensa si vede anche dalle finestre di quest'aula interrata.

Ieri su WhatsApp Rico ha scritto MI MANCHI.

Le sue parole non me le aspetto mai. Non mi prepara alle sue apparizioni, alla sua voce che invade e rimescola tutto, anche febbraio.

Oggi entrando in classe mi sono sentita vulnerabile al freddo, a tutto. Anche se grazie a Iapo ho trovato una bici per arrivare prima, e da casa ho recuperato una sciarpa gialla di lana che mamma usava per andare al lavoro. È un pomeriggio che scalpita, se non faccio attenzione crolla tutto, crollo io.

Io li leggo i libri, interviene Giulio Abour. La mano alzata, gli occhiali da vista un po' storti sulla faccia.

I libri li legge tua madre!

Ce le hanno sempre in bocca queste madri. *Ommi*, *walida*, *mama*, me le ricordo le parole che hanno usato. Mi si sono incastonate in una parte precisa della testa. Mi chiedo se non conosco piú loro dei figli. La madre di Giulio Abour che non sa l'italiano, la madre di Benjamin Oududu con cinque figli tutti maschi, quella di Mihai Kostenko che non vive qui perché lavora a San Giacomo per una famiglia importante. E quelle degli altri che alle Rodari non si vedono mai perché lavorano. Figurati se vengono a scuola profe! mi dicono.

Vengono ai colloqui, dài!

Ma quali colloqui? mi dice David Burite con le braccia scoperte per un caldo che sente solo lui. L'altra volta mia mamma ha fatto finta di essere quella di Benji e mica se ne sono accorti i profe del mattino.

Le tengono sui palmi delle mani e le usano come metro di paragone, queste madri. Le mettono sui banchi e si sfidano per difenderle. Sono onore, reputazione, un tipo di certezza che nasce lontano da queste pareti, dai cartelloni con le scritte sbiadite; tutti volti e storie che non conosco, che a stento intercetto nelle loro conversazioni urlate. Capisco che le amano, apprendo che le temono, le respirano e le fanno disperare in un modo che non si tocca, che a Bellafonte forse si sfiora, pure a Rossini, a San Giacomo chi lo sa.

Un'ora fa, fuori al freddo, li ho richiamati e ho detto Vi aspetto in aula che inizia la lezione. Loro mi hanno gettato un'occhiata un po' sbilenca, stupiti di vedermi ancora qui, oggi con una bici azzurra e una sciarpa gialla. Chissà cosa pensano quando mi guardano. E cosa dicono quando mi raccontano. Non sono una profe del mattino, né un'insegnante di sostegno, non faccio ripetizioni, non sono quella dell'ora buca di religione. Non sono niente eppure continuano a darmi retta e a venire al piano di sotto per compilare schede e fare domande.

Penso a M. che la sera passa a trovarmi dopo il tirocinio che ha iniziato fuori Città. Con le dita sulla clavicola mi dice Stai attenta che quelli ti mettono gli occhi addosso!

Lo dice scherzando, spostando un ciuffo di capelli da un lato della fronte solo con una mossa del capo. Il suo sorriso largo mi toglie sempre la stanchezza. Dovresti vederli, gli ho detto la settimana scorsa. Lui ha risposto No grazie, mi risparmio lo spettacolo.

Adesso discutono su chi tra loro sa leggere, cosa e da quanto tempo. Fanno confusione, non si cedono la parola. Con le braccia aperte come in chiesa, provo a chiedere attenzione.

I libri da noi li legge solo il Rev. Taja Kolu tira fuori un astuccio e la voglia di parlare. Accanto a lei il posto di nuovo vuoto di Charlie Dí.

È vero, il Rev legge sempre! le fa eco Rachel Ago, Prende i libri dalla biblioteca della scuola e va a leggerli sul fiume.

Chi è il Rev? domando curiosa.

Me lo spiegano come se fosse un favore.

Il Revenu, dicono, Sta in piazza Harmada che in verità si chiama Hermada. (Ma Harmada è molto piú da noi, sentenzia Mihai Kostenko).

Piazza Harmada è il punto di ritrovo di Basilici: dà le spalle alla statua del Fante, ai vecchi del Bar Kimbo. Mi dicono che quando loro passano in bici o a piedi c'è sempre un vecchio che alza un bicchiere per dire cose stupide in dialetto.

E voi cosa dite? Rispondete?

No, tanto sono cose razziste profe.

Annuiscono con la testa e gli occhi leggeri.

Lo chiamano tutti Rev. Ai piú piccoli fa paura e gli adulti dicono che è matto, *C'est fou!*

È meglio stargli alla larga, dice Taja Kolu con il sorriso di chi ne sa.

Il Rev ruba le pietre dal fiume e le mette nelle tasche dei pantaloni.

Una volta la mia mamma prima di andare in Città l'ha trovato steso sul marciapiede in via Somalia e per aiutarlo ha perso l'autobus per via Mazzini, racconta Amina Tilli, E i capi per quello le hanno tolto i soldi dalla paga.

Il Rev puzza di alcol: una volta ha offerto il vino ai vecchi del Kimbo! E pure a quelli del mercato e al papà di Giulio che però non beve perché è musulmano.

L'ha offerto anche ai bambini!

Rachel Ago parla soddisfatta col petto in fuori: Una volta è entrato in chiesa e ha detto che l'Europa ruba i figli a tutti!

Gli altri ridono, rumore di cento oggetti metallici che cadono.

Le voci palleggiano tra i banchi e gli angoli di quest'aula che sembra essersi rimpicciolita. Le rincorro, ma mi scopro stanchissima.

Chiedo se questo Revenu sia parente di qualcuno, che cosa faccia oltre a rubare i libri dalla biblioteca e girare per Basilici con delle pietre in tasca ma non rispondono. Si aprono e si chiudono come ventagli, come vogliono loro, quanto reputano giusto. Paul Bonafede tira fuori il labbro superiore e la pelle si scurisce su quel punto del volto.

Vorrei dire che lo noto solo perché è in seconda fila, ma non è vero: di questa classe è l'unico che quando mi guarda, negli occhi, mantiene qualcosa che riconosco.

L'ho detto anche a Marta, l'altro giorno, mentre mi stava sistemando i vestiti nell'armadio come le mamme, le balie, le signore delle pulizie. Senza girarsi ha sentenziato È il tuo preferito. Non l'ha chiesto, l'ha dato per scontato come quando alla Trinity ordina Fanta e ghiaccio per me anche se è inverno.

Ho negato seccata.

Ammettilo che ti piace perché è quello che ti assomiglia di piú.

Non mi assomiglia per niente.

Non hai detto tu che è quello meno straniero di tutti?

L'ha detto uno di loro, rispondo con la schiena rigida. Il sangue mi va al cuore.

Le schede di oggi, alla fine, le completano a stento. Qualcuno ci ha disegnato delle faccine agli angoli e altri hanno scritto la data sbagliata con una biro agli sgoccioli. Mi dico che la conversazione su questo personaggio di Basilici è valsa come lezione, approfondimento culturale. Tema descrittivo e racconto epico insieme.

Li lascio andare, anche se non sono io a scegliere: mi sgusciano via dalle mani comunque.

Una volta al piano terra e poi all'aria aperta allineo i piedi e mi sistemo la sciarpa gialla che due ore fa mi faceva sentire speciale. Attorno è tutto piú buio e io ho paura di incontrare i mostri e gli eroi come il Rev.

Piú ci penso, piú ho il terrore di aver dimenticato come si corre, come si scappa e come si capisce che ci si deve salvare.

Il fiato davanti al naso diventa fumo e mi intralcia la vista. Attraversato il fiume, il furore dei ragazzi delle Rodari mi è rimasto addosso e i muscoli contratti delle gambe mi portano a casa vecchia. Risalgo via Taddeo Gaddi da viale XXV aprile coi suoi alberi mezzi nudi, e una preghiera piccola, fuori stagione, mi nasce spontanea. È sempre un bene se accade, mi dice la voce di don Paolo incagliata da qualche parte nel ricordo di una confessione, di un momento di pausa all'oratorio San Filippo.

Proteggimi dal male, mormoro.

Proteggimi da chi non torna e non sa andarsene, da quelli come Rico e da tutti i Revenu che non so capire ma spuntano dal fiume e fanno paura.

14.

Ninna nanna, ninna oh! Questo bimbo a chi lo do?

Canta la parte dell'uomo nero!

Lo darò all'uomo nero che lo tiene un anno intero!

Ancora, ti prego!

Lo dici alla mamma perché ti piace cosí tanto questo pezzo?

Perché l'uomo nero non c'è mamma, nessuno mi porta via.

L'uomo nero non c'è però tutti mi guardano sempre quando canto la mia ninna nanna preferita in classe. Mi fissano e poi ridono in un modo strano.

Ogni tanto mi chiedo come riuscirò ad arrivarci all'amore che leggo nei libri se per tutti sono uno scherzo, una cosa da raddrizzare?

Per fortuna c'è mio papà, tutta Bellafonte lo conosce. Ha sposato la mamma che ha conosciuto a diciannove anni al mare, legge le poesie, non si vergogna mai e io voglio essere come lui.

L'ho capito quando Denise Mobili mi ha detto Guarda che se canti ancora questa canzone sei strana. Io le ho fatto la linguaccia e sono andata via a testa alta e ho pensato oggi lo dico a pa'. Lo chiamo pa' per fare prima; cosí si gira subito, mi ama subito.

Dei diciannove anni di pa', del mare, di quando ha conosciuto mamma c'è solo una foto: lui in costume giovane e contento. Guardo lo scatto un po' sbiadito sugli angoli. Ogni volta che posso entro nella loro camera, mi arrampico sullo scaffale, prendo la cornice d'argento e sogno di stargli accanto con il mio costume azzurro con Snoopy disegnato sulla pancia.

Sara vieni qui: mi dici perché hai rovinato la foto mia e del papà?

Non l'ho rovinata.

Ci hai passato sopra il pennarello nero, adesso non si vede piú niente!

Adesso è come me.

NON SO TORNARE mi scrive Rico alle tre del mattino.

PRENDI UN AEREO E TORNA gli rispondo il giorno dopo.

Lo penso triste, magari ubriaco come le sere del 2008 con le labbra sporche di vino rosso scuro, incrostato, e tutto il resto intatto. Lo vedo in qualche strada nel Nord della Spagna di cui non so niente perché ne parla poco. Ogni volta mi ricordo di essere clemente e mai categorica con il ricordo che ho di lui.

Oggi Charlie Dí appare in classe con i capelli rasati a zero, la pelle della testa nera e lucida. Mi spavento io, si spaventa Taja Kolu, ma lei non ci fa caso.

Mentre si siede lancia uno sguardo lungo e complice a Zakaria Laroui e io manco sapevo che si calcolassero dentro questi pomeriggi di potenziamento.

Abbiamo fatto un bel cambio, Charlie Dí! esclamo con la confidenza che in questi giorni ho iniziato a prendermi.

Per farlo bisogna avercelo qualcosa da cambiare.

Parlo dei capelli, provo ad abbozzare.

I capelli sempre lí stanno, li ho solo tagliati, tanto poi ricrescono.

La sensazione di disagio mi è rimasta addosso, schiacciata sotto le piante dei piedi ancora adesso, mentre spingo i pedali della bici che Iapo mi ha lasciato perché Tanto adesso non mi serve.

È Charlie Dí che mi fa pensare a Rico.

Si è dimenticato che ho iniziato questo nuovo lavoro, non mi chiede niente. Chiamarlo per parlargliene e quindi ricordarglielo mi sembra eccessivo.

So che in Spagna ha cambiato appartamento. Provo a seguirlo sui social, cerco aggiornamenti ma non pubblica mai niente. Tiene tutto per sé, forse anche per vedere la mia faccia quando ci videochiamiamo e gli chiedo notizie.

Pedalo e penso a noi che ci rincorriamo con le parole sui display ma non ci afferriamo mai. Pedalo e c'è una ragazzina di tredici anni che, senza schermi, mi dà risposte secche.

Fa' che torni come nei film, mi dico. Tutto intero come le pesche che ci siamo divise sui marciapiedi di via Mazzini, fuori dalla chiesa o sul basso Sele. Lo dico a me, ai semafori rossi, al Ponte della Pace, al cancello aperto, alla porta di casa che apro senza guardare la toppa. Quante ne sai Saranostra?

Mi sa proprio nessuna.

15.

La conosco al Tasso, è il secondo anno. In corridoio mi chiede Sei anche tu nella A?

Poi dice Mi chiamo Marta, senza aggiungere altro.

Ci sediamo vicine e la presento agli altri compagni di classe. Siamo molti meno rispetto al primo anno, le bocciature sono state letali e ai tabelloni a giugno ho sentito dire Quella è passata perché è la figlia di Righetti. Io ci ho riso su e la rabbia non mi ha trovata.

Gli altri non lo sanno ma non è pa' che me la fa passare liscia, non è lui che fa chiudere un occhio a qualche adulto. Io prima di tutto sono la figlia di Giuliana: è questo il mio potere che non si esaurisce mai. Mamma è il mio passepartout per le vie del quartiere, il mio credito aperto per la porzione piú grande di torta, la sedia piú vicina al falò di San Zeno o per quella volta che avevo dimenticato il portafogli al market in piazza. Cose cosí. Vantaggi che al liceo Tasso non servono piú a niente.

Tra queste aule il nome di mia madre vale come una moneta di legno. Se mi capita di incrociarlo nei corridoi, pa' nemmeno mi saluta. Per non fare differenze, mi dice.

Non sono piú di nessuno.

Esordiamo come compagne di banco, io e Marta. Dall'appello so che di cognome fa Timi. Qualche volta ci smezziamo le schiacciatine della macchinetta e lei rimane a bocca aperta quando le mostro i panini che mi prepara mamma.

È piú grande di tutti noi di due anni, ma non dice a nessuno perché è stata bocciata. Sono convinta che sia per

Paolino, Perla e Pietro, i fratelli piú piccoli. I nomi li ha scelti lei perché alla Sabri, sua madre, non cambiava. Basta che è sano, ha detto dopo ogni parto.

Marta dice le cose e mi guarda in faccia. Sfida tutti, anche i coordinatori del ginnasio. Non accetta le ingiustizie di quella di inglese, e quella di storia le ha già fatto un richiamo. Quando votiamo per i rappresentanti però si tira indietro e noi che volevamo tutti votarla non capiamo.

Non posso, dice nascondendosi nella felpa piú grande di due taglie, Ho i piccoli da guardare.

Quando non siamo a scuola la immagino tra le testoline dei suoi fratelli che vedo nelle fotografie, o fuori dalle scuole elementari quando ci passo davanti. Sono facili da riconoscere: hanno tutti lo stesso piglio della sorella maggiore, metà amica e metà madre. I capelli liscissimi, neri, e gli occhi chiari scavati nel viso un po' smunto.

A guardarli insieme mi chiedo come sarei io se avessi fratelli veri, vite piccole o grandi che mi assomigliano nei tratti, anche solo nel modo di voltarsi quando vengono chiamate. È una cosa che prima non mi ero mai chiesta.

Mio padre dice budella al posto di bidella.

Il mio guarda solo Aljazeera Channel e mia nonna dice che tutta la televisione qua è *haram*.

Che vuol dire?

T'allem l'arbiya al mkallekh.

Li trovo cosí: sguaiati, con un elenco di aneddoti tutti loro e che appena mi vedono provano a nascondere con colpi di tosse, sguardi furtivi per avvertirsi, proteggersi da me.

Andate avanti, dico incitandoli con un gesto della mano.

Che cos'ha lí profe?

Rachel Ago fissa la borsa di tela e mi guarda in attesa di una risposta.

Benjamin Oududu fa schioccare la lingua dal fondo della classe ma nessuno si gira a guardarlo. È un altro dei loro piccoli gesti di dissenso. Non dicono mai No, Non mi va, Mi sembra stupido. Tengono le cose tra le labbra lucide, e mi lasciano fuori, mi escludono.

Ho passato un'ora davanti alla libreria della mia camera ancora intatta, come se non me ne fossi mai andata, come se fossi solo in gita e dovessi tornare tra due giorni. Quando sono scesa in cucina, con il bottino tra le mani, pa' mi ha fissata ma non ha detto niente. La tv accesa su Canale 5, un bicchiere d'acqua gasata sulla tovaglia sporca di cibo, chiazze e briciole per lo piú.

L'idea me l'ha fatta venire lui ma non ho avuto cuore di dirglielo. Non ho piú il cuore in generale in quella casa che non abito perché volevo essere indipendente.

Adesso vieni a rubare i libri? mi ha chiesto lui mentre con un coltellino che non gli avevo mai visto giocava con un tappo di sughero.

Ti ricordi che all'inizio di questo progetto, dei ragazzi di Basilici, mi hai detto di essere sincera con loro?

Il volume è alto, la conduttrice annuncia il servizio sull'elezione del presidente della Repubblica.

Vi ho portato una cosa.

Soldi profe?

Stavolta niente soldi, mi spiace Oududu.

Quando pronuncio Oududu mi mordo la lingua perché non so se sbaglio ancora. Le ho lette le loro schede, a volte mi è venuta voglia di riscriverle da capo. Alla professoressa Mauri non l'ho detto. Quando mi ha passato il materiale mi ha intimato di non fare di testa mia: Segui il programma e queste sessanta ore scivolano via come l'olio. Ma a squagliarsi, a farsi come un liquido è sempre lei ogni volta che la vedo nel parcheggio su via delle Mura. Penso che mi eviti, che lo sappia che quelle schede, quelle domande rasentano il ridicolo, e io questi ragazzi non li voglio oltraggiare.

Per questo ho scelto i libri, e li ho portati con cura per ognuno di loro.

Non è stato difficile, ogni titolo mi ha fatto dire Questo è Laroui, Kostenko!, Taja lo adorerà, Questo è per Charlie!

Li ho nominati uno per uno, ad alta voce in camera mia con i peluche e la radio accesa.

Giulio Abour alza la mano, il gomito sospeso che quasi vorrei tenerglielo su io.

Mi dica, Abour.

Dima ghir howa li kayn.

Giulio Abour si sistema il riccio sul sopracciglio e mi dice A scuola non ci danno mai libri da leggere.

Potreste iniziare ora, no?

Nella mia testa li provoco. Provo a scuoterli perché di una dichiarazione del genere non so che farmene. Ma loro rispondono No, che non leggeranno. Zakaria Laroui ridacchia, Abdul Shakoor Faaria, che l'altra volta mi ha detto Profe le dispiace se dormo, trattiene uno sbadiglio e mi basta come risposta.

Non ci piacciono i libri.

In verità in prima ci hanno provato, azzarda Adelina Moraru, Ma poi hanno capito che non era cosa.

Allora li portate a casa e li fate leggere ai vostri genitori, ai vostri fratelli!

Il suono fragoroso della risata che segue le mie parole mi blocca – anche se all'inizio, giuro, mi era parso un applauso.

Tata ya mwasi fa la parrucchiera, se le porto un libro da leggere mi dice *Oza liboma?*

Taja Kolu non sta parlando con me ma con Charlie Dí, che dopo l'ennesima assenza è tornata con i capelli ancora corti, tinti di un rosso ramato che stride sulla sua testa da ragazzina. Mi aspettavo delle giustificazioni per le ultime due lezioni mancate ma non mi ha detto nulla. La classe l'ha riaccolta con indifferenza. Delle volte credo che solo io e Taja Kolu ci rendiamo conto della sua assenza, la tracciamo nell'aria e la custodiamo. Lei per un legame di terra, io per non perdere la bussola.

Fa bene a dire che sei pazza, i libri non servono a niente qua! le risponde Charlie dopo essersi presa tutto il tempo, il silenzio attorno. Parlano tra di loro ma parlano a me. Non mi guardano ma mi controllano e, in un gioco senza regole, mi avvicino al loro banco e chiedo alla classe di essere lí con me.

Quindi i vostri genitori non leggono…

No profe, non leggono.

E se i libri glieli leggeste voi?

Giulio Abour aggrotta la fronte e alza la mano di nuovo. Gli do la parola come se avessi davvero un'autorità su di loro.

A mia madre io leggo le bollette, cosí poi mi dà i soldi giusti e vado a pagarle.

Me lo dice e mi studia il viso. Non so la reazione che vuole scorgere.

A inizio mese si leggono le bollette, profe.

Ma non solo quelle *frero*, con babbo la settimana scorsa abbiamo fatto le carte per il permesso!

Una volta ho sbagliato a leggere una cosa e mio fratello piccolo per un anno non ha avuto la mensa e l'insegnante di sostegno, il vocione di Benjamin Oududu dal fondo della classe, Per un anno!

Jesus! esclama Rachel Ago.

Vorrei sapere come fanno a tredici o a quindici anni a leggere i documenti che io metto in mano alla mia coinquilina che di rimando mi lascia i post-it con gli importi esatti che le devo dare in contanti.

Quante te ne ha date tua madre? chiede curioso Mihai Kostenko.

Un sacco! E niente scuola calcio per un mese, *frate*.

Galleggio nella condensa di queste storie, e mi sento fregata anche questa volta. Mi chiedo se non mi stiano raccontando bugie, se non mi dicano queste cose per impressionarmi, per fare colpo e poi chiedermi di uscire prima.

Marta mi dice Ah non lo sapevi?

Stiamo aspettando che Pietro esca da scuola. Lo prende, lo accompagna, lo coccola. Perla, quella di mezzo, ha dodici anni e adesso è in piscina. Paolino, il maggiore, se la cava e probabilmente sta finendo l'allenamento di atletica.

Non sapevo cosa? le chiedo un po' stupita.

Sono arrivata direttamente dalla fine della lezione disastrosa di oggi perché dopo settimane mi ha scritto TI VA DI VEDERCI?

Cosí sono corsa perché Marta Timi la vedi solo se vuole lei, nei suoi spazi, fino alle diciannove perché poi si eclissa in un mondo fatto di compiti, pasti da preparare e baci della buona notte che sparpaglia ma non riceve mai.

Quelli come loro imparano presto, inizia a dirmi.

A leggere le bollette?

A essere responsabili.

Un po' come te, le dico sperando di farle un complimento. Qualche volta parliamo delle tapparelle abbassate nella camera di sua madre Sabrina, del segnaposto d'argento che una volta era di suo padre e adesso sta lí come un macigno addosso.

Sara, quei bambini leggono le bollette, traducono quello che dice il medico, la cassiera, l'insegnante.

Ne sa piú di me di questi ragazzini, ma com'è possibile?

Facevo le stesse cose, aggiunge. La Sabri l'italiano lo sa, ma è sempre stata troppo stanca per usarlo.

Sulla strada del ritorno penso a Giulio Abour che dopo la lezione si avvicina, guarda il borsone di tela e mi dice Non li lasci qui; li rubano.

Gli ho risposto Addirittura!, perché nessuno di loro mi è sembrato interessato ai volumi della mia infanzia – anche se ci sono rimasta male, anche se ho cercato di non darlo a vedere.

Io comunque leggo le poesie, mi ha detto dopo essersi

assicurato che Zakaria Laroui e Mihai Kostenko fossero schizzati fuori dalla classe.

Questa è una bella cosa! ho risposto.

Non lo so, poi però le traduco a mia madre.

Anche questo è molto bello, Abour.

Lei insegnava inglese all'università, quando è arrivata qui non ha piú potuto. L'hanno offesa tanto, ma prima ero troppo piccolo per difenderla, adesso non esce piú.

Come vuole aiutare sua mamma, allora?

Voglio imparare a rispondere per le rime.

Quando rido mi rendo conto di non essere sola. Anche Taja Kolu ride come me, e Giulio Abour. Ci guardiamo tutti e tre per qualche secondo: è un momento che dura pochissimo. Lui dice Alla prossima profe, lei abbassa gli occhi e il naso sparisce sotto la fronte pronunciata. Io esco e il seminterrato lo ricordavo piú buio.

16.

Cuídate. Adesso Rico quando chiude saluta cosí.

Cosa vuol dire? gli ho chiesto in mezzo al rumore della sua vita.

Prenditi cura, una roba del genere. Rico è sbrigativo e scocciato anche nei momenti teneri.

Entriamo dalla porta principale con la scritta COMPLESSO SCUOLE GIANNI RODARI. Alla «a» di Gianni qualcuno ha attaccato un adesivo e ogni volta che ci passo sotto ci faccio caso.

Arrivo con la fronte sudata e le mani ghiacciate. Alle orecchie ho la musica o il rumore bianco che alle superiori mi aiutava a concentrarmi per le versioni, le date delle rivoluzioni. Nel tragitto la sciarpa gialla e la borsa verde si incastrano con le treccine lunghe che ormai ho da cinque settimane e dovrei sciogliere. Ma di chiamare Marcela non ne ho voglia.

Sai che quello lo facciamo noi?

Passo accanto a Zakaria Laroui per entrare e lo sento.

Le scarpe da ginnastica rovinate dal fango, marroni a metà. Mi chiedo se lo ignori, mi domando se ci sia sotto un codice tutto loro.

Indica la bottiglietta mezza vuota che Giulio Abour tiene in mano.

Secondo te da dove arrivano le pesche per fare quella roba che ti bevi? insiste.

Abour risponde Non lo so e Zakaria Laroui è contento: ha centrato il bersaglio.

Charlie Dí a qualche metro di distanza sente e si intromette. Porta una parrucca nera, i capelli lunghi e lisci come quelli delle attrici americane. L'attaccatura un po' spostata per via del berretto fucsia.

Perché tuo padre non ce lo dà gratis il tè visto che lo facciamo noi? chiede sfacciata incrociando le braccia.

Non lo fai tu, risponde seccato Giulio Abour.

Noi raccogliamo le pesche e le pesche fanno il tè; guarda che queste cose le sanno tutti, non è che sei Einstein tu!

Guarda che non funziona cosí!

Un battibecco, uno scambio che spero rimanga qui nello spiazzo. Mi allontano, voglio entrare e iniziare subito. Oggi dovremmo parlare di mestieri per affinare il lessico ed essere in grado di gestire una conversazione a un livello intermedio B2.

Sono all'inizio del corridoio quando sento le voci. Prima il grido poi il rombo dei motorini, una corsa concitata, e poi altri schiamazzi, urla sempre piú alte che mi costringono a tornare indietro.

Si Hmed, darbo si Hmed!

Sono stati i Quindici! *Ghadin ikono homa!*

Ya latif. Hanno colpito il market del padre di Giulio, l'hanno sfasciato!

Tutti chiedono, tutti rispondono. Sono agitati, non mi calcolano, non correggono il linguaggio, biascicano, fendono l'aria con le mani, ributtano gli zaini per terra, si sistemano i giubbotti, chiudono le felpe e tendono i muscoli del collo.

Mi sento inglobata in questo cerchio scalcagnato, nonostante la sciarpa gialla, la borsa verde costata un patrimonio, gli stivaletti nuovi lucidi. Stamattina, quando M. li ha guardati, mi ha detto È questa la Sara che mi piace!, e non ho capito bene cosa intendesse. Ma mi ha preso il viso tra le mani, mi ha dato un bacio e la testa ha fatto un giro su sé stessa.

Li ascolto raccontare di vetrine rotte, merce rubata e scritte sulle pareti.

Zakaria Laroui col cellulare in mano a un certo punto dice Hanno rovinato i poster di Cheb Kader e capisco che è una cosa grave perché Giulio Abour sussulta. Hanno rovesciato le scatole di La vache qui rit, continua, Aperto i frigoriferi e tolto tutti i prodotti El Benna.

Anche la frutta! aggiunge uno dei ragazzi apparsi dal nulla.

Sono stati quelli dei Quindici, ripete Zakaria Laroui.

Sei sicuro *frero*?

Sicuro al cento per cento: sono stati quelli di Giotto, *hadok ma kay hamlonash*.

O daba?

Adesso, se sono stati loro, gliela facciamo vedere.

Vorrei dire a Zakaria Laroui di respirare. Prendi aria perché si vede lontano un miglio che ti manca. La rabbia ti sta cambiando il viso.

Ma lui urla a tutti Adesso andiamo!

Charlie Dí si avvicina, gli tocca il braccio e gli dice Hai capito che è successo o sei scemo?

La scorsa settimana ha compiuto quattordici anni, tutti le hanno detto Auguri e Taja Kolu ha battuto le mani piú forte degli altri. Quando ho chiesto se ci fosse una torta, qualcosa per festeggiare, ha risposto con un verso e l'ho presa sul personale.

Dobbiamo andare, dice Benjamin Oududu.

Dobbiamo andare subito, ripete David Burite.

Veniamo con te Giulio! MaryLú Asare si è staccata dalla ringhiera e ora è qui nel gruppo, con noi.

La piccola folla che si è creata sui due gradini dell'ingresso si accende. Fanno di sí con la testa, prendono i cellulari che gli vedo sempre in mano e li usano per scrivere, chiamare, mandare messaggi vocali in lingue altre, luoghi altri.

Chiamiamo qualche grande, dice Taja Kolu con l'unghia dell'anulare sotto i denti.

Non si chiama nessuno, petite! sentenzia Charlie Dí. Chi vuoi chiamare? Chère-Merde? Quello i problemi ce li crea, non li risolve.

Di sicuro c'entra anche lui, dice uno degli amici di Benjamin Oududu apparso di corsa, i capelli foltissimi che gli creano una specie di casco in testa: mi vengono in mente i playmobil con le acconciature intercambiabili e vorrei vedere se sotto c'è un buco come nei giocattoli.

C'entra Giotto, ti dico.

Il nome che ha già pronunciato due volte mi trafigge ma mi dico che, forse, ho capito male. Voglio chiedergli di ripeterlo ancora, capire se un nome che non sento da cosí tanti anni è stato detto per davvero o me lo sono immaginato.

Non penso alla lezione, alle schede, ai lavori di cui dovremmo parlare. Il livello B2 l'hanno superato su questi gradini di marmo con il vento di febbraio che screpola tutto.

Giulio Abour mi chiede una cosa che non mi aspetto: Professoressa Righetti, ci viene con noi in piazza?

17.

Un giorno Luca Tuân mi dice Sei sporca, africana!

Fuori dal catechismo, le braccia lungo i fianchi, le mani strette a pugno. Lo ripete a bassa voce come se avesse appena imparato una nuova parola.

Lo stomaco è una molla. Se dico qualcosa mi cade fuori, rimane un buco. Non dico niente. Sopporto. Subisco.

Giorni dopo al compito di geografia faccio un sacco di errori.

Quando consegna le verifiche il maestro Ivan mi chiede Come mai cosí sbadata ultimamente? Dice sbadata, non distratta. Non so se mi prende in giro.

Ho capito che se do le risposte giuste in classe, se ottengo voti buoni in tutti i compiti, dice Lei è la figlia di Giacinto Righetti. Quando sbaglio, quando inciampo invece divento Sara la sbadata, Sara pasticciona, Sara che forse non capisce.

A Natale al supermercato pa' si aggira per le corsie con il carrello stracolmo. Di solito al cibo ci pensano mamma e zia Fausta, e alla fine litigano sempre per chi deve cucinare cosa e noi ridiamo mentre si rincorrono con i soldi e gli scontrini. Quando pa' trova le arachidi sgusciate mi dice solo Se hai bisogno di parlare papà c'è.

Allora io gli chiedo Che cosa significa che sono un'africana?

Che sei nata in Africa, risponde subito, soddisfatto di avere una risposta pronta.

Ma gli africani sono sporchi?

Chi ti ha detto questa cosa?

Non rispondo. Sarebbe fare la spia. Denise Mobili dice che non si fa.

Pa' mi mette la mano sui capelli intrecciati alla rinfusa, come dice mamma. Con l'altra spinge il carrello carico di dolci, bottiglie di vino, affettati. Le feste sono vicinissime, ho scritto una lettera a Babbo Natale ma poi l'ho buttata via.

Le porte scorrevoli del centro commerciale mi fanno aria sulla faccia. Le luci della macchina attivate dalle chiavi, la moneta che viene sputata fuori dal carrello, pa' che urla Salta giú e mi sorride. Non glielo posso dire che da quando Luca Tuân l'ha detto la prima volta hanno iniziato a chiamarmi cosí tutti i maschi e anche alcune femmine.

Quel bambino sa di me cose che devono restare segrete. Cose che devo nascondere anche a pa' altrimenti chissà che capita, magari cambia idea, potrebbe capire che non sono sua.

Sul sedile con la cintura di sicurezza che mi ricaccia la pancia indietro penso a come fare. So che sarà difficile, come le domande coi tranelli del maestro Ivan. Non mi potrò distrarre. Ma se sarò brava sarò la figlia del professor Righetti che insegna al Tasso. È tutto. Tutto quello che voglio.

Sí, certo che vengo, dico, e tutti esultano.

Ci avviamo compatti.

Siamo dieci, quindici al massimo: un piccolo esercito. Non piú io l'insegnante, quella che porta le schede, che chiede se leggono, né loro una sottospecie di alunni.

Siamo un gruppo unito, qualcosa di simile a una classe in gita, in missione, dove solo loro, però, sanno dove stiamo andando. Sono nel bel mezzo degli zaini, delle fronti ancora un po' sudate, l'odore di paura misto all'adrenalina.

Paul Bonafede è l'unico che rimane contro i cancelli delle Rodari. Charlie Dí gli chiede alzando la voce Vieni con noi?, e lui fa cenno di no con la testa e non si muove di un passo.

Quello è un *midi*, lascialo perdere: non ci viene manco sotto tortura con noi.

Usciti dal cancello guardo la mia bici attaccata al palo e prendo a piedi una via che non ha nome.

Non è lontano profe, mi dice subito Taja Kolu.

Qui è tutto vicino, aggiunge, e inizia a indicarmi gli spazi che vede e conosce: Lí c'è viale Italia, la chiamiamo la via dei rapper perché quelli della Città vengono sempre qui a girare i video che poi mettono sulle pagine YouTube.

Là, piú in fondo, c'è via Somalia, poi il parcheggio per gli scambi e via Fragola, la casa del signor Faenza. Benjamin Oududu indica le strade, mi rende partecipe di questa geografia che non padroneggio.

Taja Kolu mi sta accanto e un paio di volte sono convinta che mi stia per dare la mano e solo al pensiero mi agito. Non saprei chi accompagnerebbe chi.

Basilici è la nostra città! Qui si sta bene perché ci siamo solo noi!

Un uomo alto e magro con un accenno di barba bianca urla tenendo in mano una birra. Frasi, parole che si disperdono in questa distesa di ciottoli e luce che immagino essere la famosa piazza dei loro racconti.

Lui è mio zio, dice Taja Kolu.

Charlie Dí le si avvicina, le dà una carezza sul braccio. Le sussurra qualcosa che non sento, probabilmente non saprei tradurlo.

Le guardo e la luce che è caduta in questa passeggiata di dieci minuti tra la scuola e la piazza le fa sembrare piú grandi e belle.

Mi stacco dalla spalla di Taja Kolu, mi sposto di qualche passo e presto attenzione alla targa di pietra che indica il nome della piazza vandalizzato in piazza Harmada.

Mi guardo in giro. L'uomo con la birra in mano sta davanti a un negozio che riconosco. Negli ultimi anni ne è apparso uno uguale anche a Rossini, al posto del ferramenta, proprio accanto al Conad. Ha lo stesso nome di questo che ho di fronte ora: MoneyGram.

Alcuni dipendenti di zio Robi lo frequentano per spedire i soldi a casa; dove casa è un posto che per raggiungerlo ci vogliono molti aerei costosi, treni lenti, tanti pullman e un tempo quasi eterno che appartiene ai ricchi come i Lo Rico.

Continuo a pregare che nessuno dei presenti sappia leggermi nella mente. Deve dire alla Mauri che quelle schede non ci servono a molto profe, noi impariamo tutto qua!

La vita, in questa piazza Harmada, si concentra ai lati, agli angoli e il cielo sembra spalancarsi. Qui i balconi sgranocchiati dal tempo, i colori slavati dei muri, i bambini sulle biciclette con il maglione sopra i pantaloni del pigiama, donne e uomini in piccoli gruppi, con tuniche o vestiti eleganti che camminano piano, come se non dovessero andare da nessuna parte, come se fossero diretti a matrimoni e cene, colloqui di lavoro, impegni inderogabili lontani. Questo luogo mi mette alla prova.

Il capannello di persone davanti all'insegna che dice AHMED ABOUR - MINIMARKET è la meta di questa gita precaria.

È successo lí, ci dice una ragazzina.

Tiene tra l'avambraccio e il fianco un pallone nero e blu, indossa pantaloni della tuta. Parla con noi e penso che abbia qualcosa di Denise Mobili come era in terza elementare.

C'eri quando è successo? Taja Kolu si muove nello spazio con una confidenza che in classe non mostra.

Fa di no con la testa, si volta e fugge via dando un calcio al pallone.

Quella è una delle figlie di Tubiya.

Mashallah! esclama Zakaria Laroui.

Lui e Giulio Abour lo dicono spesso, non li decifro ma i volti luminosi spiegano di piú. Tubiya è l'imam di Basilici ma questo già lo so.

Tubiya ha cinque figlie femmine e sono una piú bella dell'altra. Anche Fatima, la piú piccola, quella piú strana.

Quando Taja Kolu dice strana cerca lo sguardo complice di Charlie Dí. È una cosa che non mi aspetto.

Gli occhi sono tutti sulla vetrina divelta del minimarket del signor Abour. A terra vetro, arance, noccioline, sacchetti di plastica squarciati, bottiglie d'olio rotte.

Le donne con abiti lunghi che si tengono le mani sul volto; una coppia di ragazze con i capelli neri e lucidi e borsine di tela sulle spalle indicano il disastro; c'è un bambino con le guance piene e in mano quello che sembra un pacchetto di patatine. Benjamin Oududu lo chiama stracciando il silenzio surreale che è calato sulla piazza: Ziooon, vieni qui!

Li scopro cosí simili che mi dico solo Certo! Il bambino non avrà piú di sei anni, lo raggiunge di corsa. Ha la gamba offesa ma cammina spedito e nessuno sembra farci caso. Mi chiedo cosa gli sia successo. Questi alunni hanno mondi fuori dai fogli da compilare, fuori dai seminterrati.

Qui ci siamo solo noi! A parlare è un uomo.

Noi chi Rev?! gli urla Zakaria Laroui.

Ecco, non è piú racconto ma è realtà di carne, questo Rev epico e malandato.

Indossa jeans sdruciti, un giubbotto con l'imbottitura bucata qua e là, ha raggiunto lo zio di Taja Kolu. La voce impastata, ciancicante, gli occhi vitrei, i capelli radi al centro della testa. Sotto il giubbino è a petto nudo, gli addominali scolpiti sono cosí fuori luogo che quasi mi viene da ridere.

Lo guardo e mi vengono in mente tante cose: Faenza junior che se ne va in giro a fare versi e tutti dicono Quello è matto!, i senzatetto che vedo alla mensa della chiesa di don Paolo e quella volta in gita, a Bucarest, nel 2009.

Tornata a casa chiesi a pa' sconvolta Come li sistemiamo? Adesso mi rendo conto che ne parlai come fossero mobili danneggiati, da restaurare.

A Basilici siamo piú di mille! Non ci interessa dell'Europa! Non la vogliamo!

Una voce maschile dice Eccolo che comincia.

Dobbiamo avere un nostro sindaco, come noi, per noi! Dobbiamo avere tutto!

Qualcuno applaude e la figura scalcinata col petto bruno nudo alza una mano come a ringraziare, a salutare i suoi fan.

Taja Kolu mi tira la manica del cappotto e mi dice che una volta al New Beauty («Il negozio di zia») una cliente ha detto Quando ci sarà un sindaco di Basilici il Sele si prosciugherà per lo spavento. Te lo immagini profe, il Sele senz'acqua e un sindaco tutto per noi?

Il gruppo di gente davanti al minimarket si è diradato. Per raggiungere il negozio del padre di Giulio Abour passo accanto alla statua di un soldato. Sulle schede di qualche pomeriggio fa l'ho trovata in una risposta: Il Fante è la statua piú importante di Basilici; fa ombra d'estate, fa da tana per la conta di nascondino, è dove mamma mi dice di andare se mi perdo, è il punto di incontro dei grandi coi motorini che vanno nelle discoteche in Città.

Ho riso quando ho letto delle discoteche immaginarie dalla nostra parte del Sele. Ho pensato subito a Rico che sbuffa e dice Qui non c'è niente da fare, Andiamocene. Andiamo a Roma! A Milano! Salviamoci da qui! Penso a come non gli abbiamo mai dato corda, ci bastava la Trinity, il Capodanno all'oratorio, le gite sul basso Sele, la Festa della fioritura e il falò di San Zeno. Avrei dovuto chiedergli piú spesso se si stava divertendo ma non l'ho fatto. A diciannove anni è volato in Spagna e chissà se è davvero grande e bella come dice. O se l'ha deluso come questa statua che immaginavo imponente invece no. Un omuncolo di bronzo con i lineamenti imprecisi, logorati. È davvero questo il simbolo di questa piazza armata?

Dobbiamo fargliela pagare! Zakaria Laroui non guarda me ma Giulio Abour.

Wash 'arafto shkon?

I ragazzi dei Quindici, quelli di Bellafonte, magari proprio Casamadre oppure qualcuno che lavora per il frutteto; *mashi mohim*, ci vendichiamo lo stesso!

Li colpiamo tutti, dice Charlie Dí col fumo caldo delle parole che si scontrano con l'aria fredda.

Hanno toccato il signor Ahmed, dice Benjamin Oududu come a dare inizio a un canto, un inno d'ira.

Hanno toccato tutti!

18.

Racconto a Marta che Charlie Dí nelle schede che consegna non parla mai di una madre o di un padre, che Taja Kolu vive con gli zii e i suoi genitori li sente al telefono solo una volta al mese. Le racconto di quanto mi faccia male vedere come vivono bene questi legami sfilacciati.

Ma io ho i miei cugini, Io ho le zie, A me basta vedere i ragazzi del piano terra, profe.

Cosí mi rispondono quando gli chiedo Non ti manca tua mamma? Non sei triste che tuo papà passi tutta la settimana in camion?

Non c'è scritto da nessuna parte che dobbiamo amare i nostri genitori, bimba. Ce lo insegnano, ci obbligano a crederla come l'unica verità ma cosí non è, dice Marta.

Ma sono troppo piccoli per non amare i loro genitori, ribatto.

Io ho smesso di chiamare Sabri «mamma» a undici anni, ed è stato quando ho capito che non la amavo come succedeva a te con Giuliana, a Rico con Daniela o a Pietro con me.

Ma Marta che dici?

Dico che cosí mi sono liberata di un peso.

Il peso era tua mamma?

No, il peso era l'idea che mia mamma doveva rispettare agli occhi di tutti e che l'ha distrutta. Anche io me l'ero messa in testa questa idea, ma Sabri non poteva, capisci? Lei non poteva proprio mantenere quell'aspettativa, né lei né mio padre né nessun altro. Per questo non ho paura con

Pietro, con Perlina. Perché non gli ho mai detto Adesso sono io la vostra mamma, non gli ho mai promesso questa cosa. Loro sanno chi è la Sabri, sanno chi sono io e ci accettano per quello che mostriamo nel nostro meglio. L'hanno fatto sin da subito, prima di me, e sono venuti su liberi.

Dico solo Sembra una cosa orribile.

Lo so, ma alcuni di quei ragazzini lí che segui tu l'hanno già capito e non serve che gli fai venire i dubbi.

Io non faccio venire i dubbi a nessuno.

Brava, bimba, anche perché se proprio dovessi iniziare a fare domande, dovresti cominciare da te.

Che male Marta. Ogni volta che male alla fine delle giornate, alla fine dell'inverno che non si stanca di colpire come te.

19.

Il giorno dopo la gita improvvisata a Basilici vado a trovare pa'. Voglio raccontargli quello che ho visto: per gustarmi la faccia che fa, un lampo sul suo volto spento.

In casa lo trovo con zio Robi, un paio di dipendenti del frutteto, Gianrico Casamadre che adesso mi viene da chiamare nel modo poco consono che mi hanno messo in bocca quei ragazzini.

C'è anche la signora Piera ma appena mi vede dice subito Sto per uscire, ho portato la cena e adesso scappo. Cosí com'è apparsa sparisce con una pila di contenitori di plastica vuoti, alcuni ancora sporchi di sugo, di olio.

Bottiglie di birra sul bancone della cucina, la televisione accesa col volume bassissimo. Gli uomini discutono e io mi sento un'ombra.

Per un attimo penso Facevo meglio a non passare.

Gianrico Casamadre, che quando ero alle elementari passava davanti alle scuole col motorino rosso, nemmeno si gira. I suoi capelli neri corti, i pantaloni della divisa sempre stirati, in ordine, che lo fanno sembrare piú forte, piú adatto. Piú adulto, forse minaccioso.

Anni fa Ilenia mi diceva Mi piace proprio. Io lo guardavo e le chiedevo Veramente ti piace quello?, incredula e divertita.

Volete sapere che razza di lavoro si è messa a fare la nostra Sara?

Le braccia di zio sempre possenti, le guance sporcate dalla barba di qualche giorno anche se a zia Fausta non piace.

Il fumo aleggia nella stanza e io penso a mamma che dice Robi se vuoi fumare vai fuori, e lui che esegue in silenzio.

C'è una Righetti che lavora a Basilici, ci credete? insiste.

Lavora con *quelli*?

Parlano come non ci fossi. È una cosa che impari alle tavolate delle feste; quelle degli adulti maschi che dovevano discutere delle cose serie e Voi bambini andate a giocare e fate piano che la nonna riposa, che la mamma sta pulendo, che se fate i bravi, dopo vi diamo un regalino.

Va lí solo per dare una mano, gliel'ha chiesto il Don.

Ma aiuta la gente di qui Sara, non i *marocchini* di Basilici.

È un po' di volontariato: male non le fa!

Non mi piace che li chiamino *marocchini*; Zakaria Laroui avrebbe da ridire.

Io invece sono venuta a dirti che a Basilici va bene, pa', sono belle le cose che dicono quei ragazzi!

Eccola qui la mia notizia gigante, il mio raggio di sole che volevo posargli sullo scrittoio impolverato. Pensavo che dirglielo mi avrebbe regalato gioia immensa ma mi sento una bambina goffa, e lui il mio maestro severo che mi mette alla prova in silenzio. Quante ne sai, Sara? Nessuna pa', adesso proprio nessuna.

Non ho studiato come dovevo, non ho avuto i risultati che si aspettavano, non ho un'idea dei prossimi passi a differenza di Ilenia, di Iapo che vuole lavorare come elettricista, del figlio della vicina che è già all'estero, della figlia di Nadia del forno che lavorerà al forno come sua madre e come sua nonna, di Gianrico Casamadre che tutte lo volevano e chissà quante lo vogliono pure ora. Sento nitida la voce di Marta che mi dice Sara non farti fregare. Cosí aggiungo ancora qualcosa.

In verità sto imparando, è faticoso. A volte sono ingestibili ma non sono *marocchini*, zio, nemmeno delinquenti.

Si può sapere cosa stai dicendo? il tono di zio Robi cambia, inciampa in qualcosa.

So di avere la loro attenzione e provo a usarla.

A Basilici stanno bene, zio, non hanno bisogno di noi come dici, come dicono le signore in chiesa che fanno la carità. Li conosco ancora poco, lo so, ma i loro genitori sono brave persone e stanno da te al frutteto o anche qui in Città a lavorare. Lo sai che molti di loro sanno tre lingue? Parlo a lui ma mi rivolgo a tutti e cinque gli uomini in salotto. Mi fissano come se quella che ha bisogno di aiuto fossi io.

Non penso alle parole che uso, le lascio uscire, e la stanza, questa cucina che mi ha vista nelle feste, con la febbre, arrabbiata, alta come uno sgabello e pure sola, resta immobile mentre tutto dentro me rotea.

I due uomini che ho di fronte non dicono niente. I due fratelli che non si assomigliano, ma che mi hanno sempre preso in braccio allo stesso modo.

Zio si schiarisce la voce e mi guarda come se non mi riconoscesse. Ha gli occhi stralunati. Glieli ho visti, questi stessi occhi, qualche giorno fa, nel bel mezzo della piazza delle Rosine a Bellafonte. Se ne stava lí in un comizio messo in piedi davanti ai soliti: dipendenti del frutteto, amici dei Faenza, anziani incuriositi. Una cosa piccola in vista delle elezioni di circoscrizione, mi aveva anche chiesto di farne parte – Magari ti candidi! Magari ti piace!

Sara tu lo capisci che stai perdendo tempo? mi chiede a bruciapelo.

Don Paolo dice, inizio ma non mi fanno finire la frase.

Don Paolo dice molte cose Saranostra, ma alla fine sono i fatti che contano.

Sobbalzo perché da pa' una frase cosí non me l'aspetto.

Zio Robi annuisce piano e capisco che in questi mesi, da quando vivo a Rossini, si sono riavvicinati molto. Una cosa che mi diceva da piccola era che pa' aveva la testa tra le nuvole: Ricordati che devi mettere le radici, Sara, devi fare come i nostri peschi.

Ormai hai ventitre anni: non sono pochi, continua pa',

Stai perdendo tempo prezioso. Capisci cosa vuoi e fai in modo di ottenerlo!

Prima voglio capire *chi* sono.

Capiscilo in fretta perché non ci sarò per sempre.

Un po' annuisco ma mi sento ferita da questa frase.

Raccolgo la borsa verde che mamma mi ha regalato dicendo Cosí adesso sei ancora piú bella e penso a zio nel suo comizio in piazza delle Rosine. La bocca aperta, larga, e le parole grosse, tirate fuori a grappoli: Non invaderanno né Bellafonte, né Rossini, né San Giacomo! Non entreranno nelle nostre case!

Adesso, mentre saluto pa' e gli ospiti senza dilungarmi, ci ripenso e una cosa mi torna alla mente. Ancora piú nitida dell'odio nelle parole di zio, negli applausi dei passanti, dei sostenitori.

La chiara sensazione di lui che mi vede nella folla e, per un attimo sconfinato, è spiazzato, disorientato dal trovarmi lí. Come se lo stessi smascherando: io cosí simile a tutto ciò che vuole distruggere, a tutto ciò da cui vuole tenere la sua casa al riparo.

A suo modo, amandomi, mio zio mi ha piantata e mi ha tenuta in vita sperando nelle radici.

Ma sono un innesto fallito. La radice è recisa e mi chiedo se l'ha capito in quel momento in cui mi ha vista al comizio e se ha avuto paura.

20.

Signorina Bellafonte.
Adesso Oududu mi chiama cosí.
Lo ripete ad alta voce e allora mi giro.
I banchi vuoti continuano a esserlo ma ogni tanto si affaccia un volto nuovo, come questa ragazzina, Elena Sorescu, che da oggi è arrivata con Moraru.
La parola Bellafonte nella bocca di Benjamin Oududu ha un sapore nuovo, e la classe fa rumore per condirlo. Spero di trovare le forze per consegnare le schede del giorno.
Mi dica tutto, Oududu.
Insisto a usare il lei, per mantenere le distanze, ma non si abituano.
Mi spiegate perché vi fa ridere?
Lei fa tutta l'elegante, fa tutta la cerimonia, dice Kostenko.
Parcă-i o tanti care se pregătă pentru feste.
Parcă-i mătuşă-ta duminica!
Moraru e Sorescu complici nelle loro parole, una con la tempia contro il braccio dell'altra, portano avanti un discorso intimo e per me sconosciuto.
Gli altri professori non vi danno del lei quando vi chiamano?
Non ci pensano minimamente.
Questi ragazzi supponenti e teneri con la loro vita da questa parte del Sele. Me la offrono sui banchi, la sparpagliano sui gradini fuori mentre aspettiamo di entrare. Ancora non ho capito quanto voglio riceverne.

Tilli oggi è entrata vestita come se fosse giugno e mi ha detto Eh oh, profe, dopo ho allenamento!

Mia mamma però dice che in Città gli insegnanti fanno cosí con tutti, che sono obbligati!

Cosa ne sa tua madre che se ne sta sempre chiusa in casa? Oududu come sempre provoca.

Oskot yā wsif.

Giulio Abour e Oududu passano il tempo a stuzzicarsi. Si toccano i nervi scoperti delle loro esistenze fuori da qui e l'unica cosa che capisco è che a questi ragazzi non insegno niente.

Ripassiamo le frazioni, il ciclo dell'acqua, chiedo di scrivere i verbi irregolari. Ho parlato di Biancaneve come se non la conoscessero, ho spiegato da capo i miti greci che qualcuno aveva fatto e qualcun altro no e Faaria ha chiesto solo Ma è come i Cavalieri dello Zodiaco? e abbiamo riso tutti perché si era svegliato e per una volta non aveva parlato di suo padre, di suo zio o dei peschi dei Faenza.

Dài, *frero*!

È Burite seduto accanto a Oududu che prova ad ammorbidire l'aria tesa tra l'amico e Abour. Capisco che il suo posto, lí all'ultima fila che deve sempre fare fatica per uscire dal banco piccolo, l'ha scelto senza saperne la funzione. Se ne sta là in fondo, alza la mano di rado. Fuori da scuola lo chiamano Zunzún, come i colibrí dalle sue parti. Sono il piú veloce di tutti, profe, per questo mi hanno preso in prima divisione!

Oggi ci riprovo.

Mi infilo nel silenzio che mi concedono.

A che piano sta la biblioteca?

Ho formulato e riformulato la domanda nella mia testa un centinaio di volte.

Ma per caso sapete dov'è la biblioteca? l'ho scartato; mi sembrava insinuare che non lo sapessero.

Ci siete mai stati nella biblioteca? era supponente uguale.

Qui c'è una biblioteca? mi avrebbe fatto apparire già con un pregiudizio.

Chiedigli della biblioteca e basta, mi ha detto Marta fuori dalla piscina. Chiedigli Dove sta la biblioteca e portaceli, a volte non capisco perché tu ti faccia tutti questi problemi Sara.

E a che ci serve la biblioteca?

Per prendere in prestito i libri che ci piacciono.

Ben detto Ago, risposta esatta! esclamo subito.

Ma mi sento stupida e in imbarazzo.

Potremmo andarci ora! li incito.

All'età di Laroui smaniavo per leggere i libri nella biblioteca di pa', per un pomeriggio al cinema Rossini con Rico che lanciava i popcorn sul pubblico e se la rideva e io mi vergognavo. Gli dicevo Smettila dài, chissà cosa pensa la gente poi – e quel «di me» non lo aggiungevo mai.

Ancora con questa storia?

Non ci sono libri che ci piacciono.

Cititu-i naşpa, commenta Kostenko con la faccia schifata. Ha alzato di nuovo la parete della lingua e io non la so scavalcare. Mi tiene lontano e per farlo non ha bisogno di muoversi.

Perché insiste? Perché non ci chiede della musica?

Del parkour!

Del culo di Jessica di terza!

Perché non parliamo di politica?

Bravo *frero*! Ce lo dice chi vota lei signorina Bellafonte alle elezioni?

Non seguo molto queste cose. E aggiungo che non voto a Basilici. Zakaria Laroui risponde Certo, lei mica è come noi.

Come da copione la classe sghignazza.

Hanno ragione: non sono come loro, non voglio esserlo. Allora perché mi dà cosí fastidio?

Recupero le redini del pomeriggio e dico cosa è la lettura per me. E perché vorrei tanto vedere la loro biblioteca.

Mauri, la vicepreside, mi ha detto che non ne vale la pena: È uno stanzino con quattro scaffali di ferro arrugginito e titoli che andavano bene quando Rodari era ancora vivo.

Le ho detto che sarebbe bello scoprirli quei titoli, anche se vecchi. Quei testi potrebbero aiutarli per il potenziamento, ci ha pensato?

Lei mi ha guardato dietro la sua pelle un po' troppo tirata sulla fronte e sul collo e con sarcasmo mi ha chiesto Davvero, secondo lei, nessuno nel corpo docenti ha mai provato la via della lettura con loro? e questa volta mi dà del lei.

Non ho capito se a indispettirla è stato il mio suggerimento o l'idea che questo in passato non ha funzionato come si aspettavano.

Pensateci: magari dentro alle storie che ci sono in biblioteca ci potrebbe essere qualcosa per voi, su di voi!

Sono entusiasta, la voce mi esce un po' acuta.

Profe, le storie che dice lei noi le conosciamo già.

No Moraru, io non parlo solo di Biancaneve o Robin Hood.

Ogni tanto profe lei a lezione parla dei libri come se fossero persone vere.

È un po' *over*.

Penso a quanti anni sono passati da quando ho lasciato la facoltà di Lettere, da quando non lavoro piú alla pizzeria Navona, da quando pa' ci è rimasto male e ho detto a chiunque Sto bene, qualcosa mi invento.

Non ci sto a quell'aggettivo che utilizzano quando una cosa gli sembra eccessiva, quando sono spazientiti, stanchi delle spiegazioni, degli schemi, dei ripassi per le verifiche del giorno dopo. *Over* sono gli esercizi di matematica ma anche le zie che li controllano prima della funzione della domenica; *over* è Chère-Merde che ogni tanto, la mattina, entra nelle classi con i colleghi e i cani e controlla gli zaini, i giubbotti, per vedere se c'è qualcosa che non va.

A me i libri mi hanno permesso di essere qui, ribatto io.

Laroui sbuffa, Abour gli dà una pacca come a dire Dài, non davanti a lei e li richiamo tutti e due.

Devono sapere dei libri che mamma mi ha letto sul divano alla solita ora tutti i giorni Cosí ci fai l'abitudine e poi lo fai da sola. Voglio dirgli dei compleanni con i pacchetti che riconoscevo subito – zio Robi me li toglieva dalle mani e diceva Vieni al frutteto che è piú divertente! Marta che ancora adesso me ne presta cosí tanti che perdo il conto. Uno l'ho dato addirittura a M. facendogli fare un giro immenso e lui un giorno mi ha mandato una foto su WhatsApp. La prima pagina con una delle grafie piú indecifrabili del mondo. Una dedica che nemmeno avevo notato.

MA È TUO O DEL TUO AMICO RICO? mi ha scritto M. e non gli ho mai risposto.

Quando Laroui sentenzia A noi quelle robe non interessano profe, penso all'altra volta, quando glieli ho portati infilati in una delle mie borse di tela collezionate ai festival, e Giulio mi ha detto Non li lasci qui, che li rubano.

Già ce li fanno leggere la mattina, ci chiedono il riassunto e ci sgridano se perdiamo quelli che ci donano le associazioni.

Proviamoci, dico, Andiamoci solo una volta e vediamo com'è.

Ma questa cosa fa parte del programma?

No Asare, ma potrebbe aiutarci a creare qualcosa di bello.

Baba dice che l'unica cosa bella sono i soldi per avere il pane in tavola, mi risponde secca.

Allora tu porta a casa un libro e fagli scoprire una cosa nuova.

Raccolgo le mie cose: la borsa verde, le schede degli assenti che continuo a far stampare, la giacca a vento che ho preso perché sulla bici di Iapo non si sa mai se fa freddo o no.

Dài, non vi va di andare?

Profe, quei libri non vanno bene.

Cosa vuol dire?
Li abbiamo visti i libri della biblioteca, mi risponde Abour.
Parla per te! Io manco so dove sta la biblioteca, dice Burite Zúnzun, con la borsa del calcio sotto i piedi.
Mi viene in mente M. e la faccia che farà quando gli racconterò questa scena. Gliela descriverò nei minimi dettagli per spiegargli l'offesa che mi hanno lanciato, per fargli capire quanto ci sono rimasta male. Già sento le sue parole: Sei proprio buffa, fatta di aria, Sara.
Sono ancora in aula, con questi ragazzini che non hanno idea a cosa rinunciano e mi rendo conto che non sopporto il ragazzo che bacio una sera sí e una sera no. Non tollero il suo essere fatto di carne che cerca di sistemare le ossa degli altri e rimetterli in piedi.
Se vogliamo delle storie ce le racconta il Rev giú al fiume!
Poi noi abbiamo già le nostre, risponde Kostenko quasi a trascinare gli altri.
Quelle le scegliamo noi.
E se ci fossero anche nei libri della biblioteca della scuola queste storie che cercate? Mi attacco ancora alla speranza.
Ma profe, ma chi la mette Basilici dentro ai libri?

21.

Quella del 2005 è l'ultima Festa della fioritura di nonna Gemma. È lei che lo annuncia a tavola, e pa' rimane col cucchiaio di zuppa a mezz'aria.

Se penso a lei mi vengono in mente le sue cantilene.

È nata a Bellafonte e qui ha sposato il nonno. Insieme hanno aperto l'alimentari in piazza delle Rosine, dove adesso c'è il market, e ogni volta che ci siamo passati, ogni sacrosanta volta, ha detto Qui è iniziata la nostra storia.

Il primo ad arrivare è stato zio Roberto, silenzioso e affamato. Cinque anni dopo Giacinto con i capelli ricci, lunghissimi già il primo giorno. Era un bambino difficile ma cosí bello, ripeteva a chiunque se capitava di parlarne. Una specie di giustifica.

Zio Robi e pa' sono cresciuti dietro il bancone del negozietto a due passi dalla scuola. Davano il resto, giocavano con le scatolette di tonno.

Quando sono diventati abbastanza grandi hanno iniziato dal magazzino: lo caricavano, lo tenevano in ordine e pulito come voleva il nonno. Poi si sono messi a fare tutto il resto: la contabilità, gli storni, l'inventario, i rapporti coi fornitori. Pa' si è stufato presto. A volte ai clienti diceva che era un poeta e recitava versi a bassa voce, con nonna Gemma e nonno Claudio che un po' lo rimproveravano, un po' lo prendevano in giro. Zio Robi invece era nel suo ambiente: il mondo delle merci, dei clienti da soddisfare. Quando la famiglia dei Faenza l'ha chiamato per andare a lavorare al frutteto ha chiesto il permesso al nonno. Una settimana dopo il suo ventisettesimo compleanno ha incominciato a lavorare con le pesche e non ha piú smesso. Ci abbiamo fatto i soldi con questo frutto qui, dice, Da bottegai a manager, mamma, hai visto che bravo?

Nonna Gemma guarda i suoi due figli diversissimi e a noi nipoti dice Sono due rami dello stesso albero, voi i miei boccioli.

Lo dice anche questa volta, subito dopo aver dichiarato che sarà la sua ultima festa. E cosí è.

È da quando nonna non c'è piú che le stagioni hanno iniziato a fare quello che vogliono.

Zio Robi ripete sempre che è grazie al Sele se le pesche sono arrivate fino a qui. L'azienda dei Faenza dà da mangiare a quasi tutta la Città e cosí noi siamo grati alle pesche.

Alle elementari ci insegnano persino una filastrocca. L'abbiamo imparata tutti. Nel giorno della Festa della fioritura è un inno che tiene insieme le famiglie di Bellafonte, di Rossini, e forse anche di San Giacomo.

Il pesco è la nostra pianta e il nostro miracolo. È arrivato piú di cento anni fa, ha raggiunto le nostre tavole, le dispense, ha curato malattie, sfamato intere generazioni. Da queste parti abbiamo studiato, ci siamo ingegnati e abbiamo lottato per preservarlo, farlo crescere, dargli nuove forme. Qui da noi non c'è una persona che non riconosca il valore di un buon terriccio sciolto, la disgrazia delle piogge violente sempre piú comuni negli ultimi anni. Gli anziani seduti ai tavoli di plastica della piazza scommettono su quale sarà il primo pesco a dare frutti, i giovani che corrono per le strade dietro al pallone a scuola alzano la mano e dicono Da grande lavorerò dai Faenza come mio cugino. A Bellafonte sappiamo tutti riconoscere una pesca buona da una cosí cosí. Zio Robi dice che è come con le persone: tasti il terreno dove sono cresciute e capisci subito come sono.

Finito il pranzo ci spostiamo sul basso Sele per la merenda.

Beviamo aranciata e i grandi birra, qualcuno vino. Mangiamo i dolci tipici della Festa della fioritura: pastelle con la confettura di pesche.

Iapo e nonna Gemma se ne stanno uno di fronte all'altra, vicinissimi, e ridono. Parlano un linguaggio tutto loro e una fitta mi assale. Poi si prendono per mano, Iapo aiuta nonna ad alzarsi con lentezza e cura. Uno di quei rami fioriti incornicia il tutto.

Alla fine della merenda Iapo ci consegna alcuni fiori di pesco. Sono rosati, i petali delicati, uniti in un abbraccio strettissimo; sembra che niente possa separarli. Come questa mia famiglia che sul basso Sele è perfetta, tutta per me.

Ilenia si mette un fiore in testa tenendolo fermo con il cerchietto. Io nemmeno ci provo. Ho delle treccine nuove fatte con i miei capelli, senza extension. Marcela dice che ogni tanto li devo lasciare liberi; però mi consiglia i prodotti liscianti che bruciano, l'odore è fortissimo ma quando i denti del pettine passano senza bloccarsi mi ripete Sei bella, adesso i tuoi capelli sono come quelli delle attrici.

Invece non sono come le attrici dei film in vhs che guarda quando vado da lei e sta in piedi per ore a intrecciarmi i ricci. Non sono neanche come Denise Mobili o mia cugina che usano la piastra per fare i frisé e assomigliano alle ragazze su «Cioè» o su Mtv.

Sono diversa, come in tutto, sempre. Cosí li intreccio da sola un pomeriggio in cui dovrei studiare per l'interrogazione di scienze. A forza di osservare Marcela in silenzio credo di aver imparato come si fa.

Prima di uscire per andare a pranzo dagli zii mamma mi guarda e mi chiede Come ti sei conciata? Lo dice ridendo, ma io mi sento un disastro.

Adesso davanti ai gesti di Ilenia mamma nota la mia resa. Si avvicina con un bocciolo piccolo in mano e mi dice Proviamo. Si inginocchia, le dita vicinissime al mio occhio destro. Dopo qualche tentativo riesce a fissare due fiori all'altezza delle tempie ed esclama Guarda come sei bella!

Vorrei abbracciarla e dirle Grazie perché mi dici bella anche se non abbiamo uguali neanche il palmo delle mani, figuriamoci gli occhi, i capelli, il sangue.

Ma Iacopo grida Guardate, nel Sele c'è un pescatore! È il pescatore di Bellafonte, quello della filastrocca!

Tutti si girano verso il punto che indica. C'è un uomo dentro al Sele. L'acqua gli arriva al ginocchio, è vestito di verde e di nero. L'unica cosa che si nota veramente è la pelle scura sotto il sole.

Ma figurati se quello è il pescatore di Bellafonte, risponde zio Robi ridendo, il bicchiere di vino in mano, il collo rosso per il sole preso durante la giornata.

Ti dico che è lui papà!

Ma no Iapo, quello è un *negro*.

22.

Ti devo dire una cosa profe, dice Laroui.

Oggi sono arrivata in ritardo e non era mai successo. Ho pedalato velocissimo ma la bicicletta di Iapo sui ciottoli arranca. Devo gonfiare le gomme, ho pensato quand'ero sul ponte. Una di quelle cose tipiche della mamma dopo il giardino, le rose e le pesche nel cestino di vimini. Adesso che vivo da sola sto imparando a fare una quantità di cose.

Non mi hanno lasciato nemmeno il tempo di sistemare la bicicletta al solito palo. Qualche settimana fa l'ho scelto per via di un adesivo attaccato ad altezza occhi: c'è scritto qualcosa che non decifro, penso sia arabo. Arabo bianco profe, direbbe Laroui, Quello che possono capire tutti!

Ogni volta che lego al palo la mia bici azzurra immagino che la frase sia sempre diversa. Oggi ci leggo qualcosa come «Stai andando bene Sara» ma non appena mi volto, la catena ancora in mano e il fiato corto, capisco di aver sovrastimato le mie possibilità.

Non si parla d'altro: a Bellafonte la Festa della fioritura rovinata da un'orda di giovani ha sconvolto gli animi. C'erano tutti sul basso Sele a festeggiare come ogni anno e tutti hanno visto l'invasione. Cosí la chiamano. Le donne fuori dalla farmacia, gli anziani sulle sedie bianche di plastica in piazza delle Rosine e anche i padri fuori dalle scuole che scuotono la testa e dichiarano Stavolta hanno proprio esagerato.

Sono arrivata in ritardo perché ero a casa di pa'. Lí ho

incontrato zio Robi, i suoi anelli d'oro sulla mano sinistra, la camicia sotto il gilet con la scritta FAENZA e gli occhiali da sole perché, come dice lui: Aprile arriva e non perdona.

Due settimane fa, al mio compleanno, alla pizzeria Navona, mi ha detto Peccato che non ci lavori piú, ti stava cosí bene la divisa addosso.

Davanti alle pizze abbiamo mangiato senza dire niente.

Ilenia non è potuta venire ma ti fa gli auguri, mi ha detto zia Fausta, Iapo invece aveva un concerto ma voleva sapere se la sua bici va bene.

Non li biasimo i miei cugini. Cosí diversi tra loro, senza incertezze sul loro futuro. Da bambini ci ricordo seduti in macchina, io in mezzo come fossimo fratelli. Cantavamo fortissimo le canzoni dei cartoni animati, la mano di zia su quella di zio salda sulla manopola del cambio.

Laroui si è fatto avanti con i suoi capelli lucenti. Dietro di lui Taja, Ago, Oududu, Abour, Kostenko e Tilli.

Gli chiedo Entriamo? Ne parliamo in aula? ma loro dicono subito No.

Questa cosa la deve sapere subito, e io un po' mi allarmo.

Penso al peggio e guardo Taja che a sua volta guarda Abour con le labbra screpolate e sotto l'orecchio, lo vedo solo ora, un cerotto.

È successo un casino! esclama Oududu terrorizzato.

I casini non succedono, si fanno. Lo dico con la voce di nonna Gemma e mi parte una risata che smorzo subito. Non potrebbero capire, non voglio spiegare.

Forse è colpa nostra la cosa di Charlie, Abour parla senza guardarmi.

Il nome di Charlie Dí mi risuona nelle orecchie come avvertimento. Chiedo a Laroui di spiegarmi che cosa intendono.

È stata tutta colpa della sfida.

Cosí mi spiegano che sono stati quelli grandi del Dragone a convincere tutti. I ragazzi del piano terra si divertono a lanciare sfide ai piú piccoli.

Cose sceme profe, chiarisce Tilli.

Niente di grave, dice Abour.

Quindi cosa sono queste sfide? chiedo.

Ma sí delle prove: buttarsi nel Sele, portare casino in piazza Crispi, prendere le platan chips senza pagare a Nana May giú in piazza, cose cosí.

Cose sceme, ripete qualcuno.

Divertenti! esclama Oududu. Lo vedo che accenna a buttarla sul ridere mentre attorno mi si è formato un capannello di voci.

È divertente fino a quando arrivano le zie.

Fino a quando arriva Chère-Merde! sentenzia Abour trovando il consenso di tutti.

Siamo sulle scale quando mi dicono che la colpa è stata di uno che non è neanche del Dragone.

È uno dei Quindici profe, ogni tanto viene e dice cose!

Fa affari con quelli del piano terra, e se ne sta lí a dire che dobbiamo riprenderci tutto.

Dice sempre che dobbiamo riprenderci la Città! Dice che non è giusto che in Città le cose si possono fare e qui a Basilici no!

Cosí al posto della sfida ha detto a tutti di organizzarsi e di fare la Festa della fioritura di là, dall'altra parte del fiume!

Sembra mi stiano raccontando la trama di un film, le scene che precedono un'azione leggendaria ma quello che si dice a Bellafonte della Festa della fioritura di questo 2015 è molto diverso. E anche a Rossini, a San Giacomo di sicuro.

La Festa della fioritura è la festa di tutti, profe.

Però noi di Basilici non veniamo mai invitati.

Lei lo sapeva? mi chiede Taja. Mi scruta come per cercare la verità piú vera di tutte. Lei lo sapeva che noi di Basilici siamo esclusi dalla Festa della fioritura?

Il sindaco ha deciso cosí.

I Faenza hanno deciso cosí! precisa Kostenko.
Sono dodici anni che non possiamo saltare il fiume e venire a festeggiare!
Allora quest'anno abbiamo deciso che era anche la nostra festa e siamo venuti!
Le voci sono alte e rimbombano in quest'aula che abbiamo raggiunto con lentezza.
Non lo sapevo, dico. Penso a tutte le Feste della fioritura con la tovaglia a quadri sul prato, a nonna Gemma con le sue sdraio, a zio Robi col vino e Iapo con i rami e i boccioli.
Non lo sapevo che quelli di Basilici erano… ma non so finire la frase.
Esclusi, profe!
Esiliati, come Napoleone!
Tutti gli anni sbarrano il Ponte della Pace e il Ponte Nord.
Mi sarei accorta se i ponti fossero stati chiusi, dichiaro subito: adesso esagerano.
Li bloccano con il legno dalla nostra parte, mica da quella della Città!
Viene Chère-Merde con i suoi amici di solito.
Profe, lei dov'era quest'anno alla Festa?
Mi colgono in flagrante e non so se dirglielo che M. a Natale mi ha regalato uno di quei box vacanza da due notti fuori con la colazione inclusa. A inizio mese mi ha detto Per il tuo compleanno ti porto al mare, o in un borgo.
No, al mio compleanno no, gli ho detto, Facciamo alla Festa della fioritura.
Sei sicura? mi ha chiesto lui perché sa quanto la amo.
Sicurissima, ho detto. Avevo cosí bisogno di aria. Sono stati giorni belli, abbiamo dormito e riso.
Io non c'ero, rispondo e non aggiungo altro.
Ah, dice Laroui, ma non sembra colpito. La storia che mi stanno riportando è piú importante della mia assenza.
Ma quindi la sfida era fare la Festa della fioritura?

No, la festa è solo una cosa che ci siamo ripresi perché ci spetta.

Ci siamo messi d'accordo su WhatsApp.

Sono girati i messaggi.

Dicevano Portate il cibo, le borse, le casse, gli asciugamani, mi spiega Tilli.

Ci siamo messi d'accordo anche per i giochi: le carte, le bibite.

E i vostri genitori? Le zie?

Loro non lo sapevano, se no col cavolo che ci facevano andare!

Erano convinti che andavamo giú al fiume, dalla nostra parte, confessa Oududu.

Anche se dalla nostra parte non c'è piú terreno, non si possono stendere le coperte, non c'è spazio per giocare.

Tutto il terriccio l'hanno usato per la parte nuova del frutteto profe, nemmeno questo sapeva?

Faccio no con la testa.

Ma lei è sicura che è di Bellafonte?

Mi dicono che l'idea era andare sul basso Sele, festeggiare in mezzo agli altri e poi, la sera, restare per la sfida.

Ma in cosa consisteva la sfida? chiedo sfinita.

La sfida era andare al frutteto della zona est, prendere un po' di oro e portarlo di qua.

Prendere cosa?

L'oro profe, l'oro rosa.

L'idea era di prenderlo, di accettare la sfida, ma poi di dare la colpa a quelli dei Quindici, per quello che hanno fatto al minimarket del papà di Giulio.

Che vendetta lenta, penso.

E Charlie Dí? chiedo, perché non so unire i puntini.

Charlie in questa faccenda ci è entrata solo perché come conosce il frutteto lei non lo conosce nessuno profe.

Penso a zio Robi, a quanto riderebbe a sentire una dichiarazione del genere. Una ragazzina di Basilici che conosce il frutteto meglio di lui non è ammissibile, non esiste.

Noi all'inizio non le abbiamo creduto perché Charlie racconta sempre bugie.

Dice che va in giro con suo padre ma ci crede solo Taja!

Una volta ha detto che al paese la sua è una famiglia reale, esclama Ago.

L'anno scorso diceva che nel petto aveva due cuori e che dovevano operarla se no moriva!

Una volta ha finto di essere stata molestata da uno dei braccianti.

Continuava a dire Io lo so com'è il frutteto, lo conosco e so tutte le scorciatoie. Insisteva un sacco e alla fine le abbiamo detto Andiamoci domani alla festa, e lei ha detto Va bene.

Laroui racconta tutto senza prendere fiato e io ho paura che stramazzi.

E ci siete riusciti?

No profe, le cose sono andate male: alla Festa ci sono andati in troppi e hanno fatto gli stupidi, hanno disturbato le famiglie, rubato alcune cose.

Quando sono arrivati anche quelli dei Quindici c'è stata una rissa e quando è arrivata la polizia col guardiano – Mio zio, penso, ma non lo dico – siamo scappati tutti.

C'è stato un fuggi-fuggi e i bambini si sono spaventati, le mamme della Città ci minacciavano!

E voi?

Noi eravamo con Charlie, risponde Abour e si guarda con gli altri, quasi a cercare manforte.

L'abbiamo seguita per un pezzo, voleva farci vedere questa cosa del frutteto ma era ora di tornare dalla parte giusta.

A un certo punto tutte le luci si sono spente, e i «cittadini» sono tornati a casa.

Arrabbiatissimi, dice Laroui.

È il minimo, sentenzia Ago, vi siete comportati di merda!

Oh, io non ho fatto niente: io volevo solo festeggiare e divertirmi.

Tanto per loro non cambia, uno fa una cosa e tutti sbagliamo, gli risponde la compagna.

Sono passati sul Ponte Nord attraverso le barricate divelte e in silenzio, a gruppetti, si sono ritirati dalla loro parte. Un po' felici, un po' spaventati per quella prima festa finita un po' male.

Che avventura, dice Kostenko alla fine.

Scusate ma Charlie? chiedo, senza cognome.

Charlie è rimasta di là, profe.

23.

Charlie ci è rimasta!
È stata rapita!
Le ha dato i ghiaccioli! Casamadre le ha dato i ghiaccioli!
Per me ha saltato il fiume!
L'hanno fatta a pezzi, profe! Quelli dei Quindici l'hanno fatta a pezzi e l'hanno portata tra i peschi!
Le loro voci cadono dal soffitto, salgono dal pavimento, squillano, fanno vibrare i cartelloni appiccicati male, con le scritte sbiadite. Si accavallano, mi raggiungono alla cattedra come non è mai successo. Mi investono.
Tengo le mani poggiate sul piano di legno rovinato, immobile. Amina Tilli dice Abbassate la voce tutti! State zitti se no la profe non capisce!
La ringrazio con lo sguardo. Da sola, tra loro, non so farmi spazio.
Charlie non c'è piú, sentenzia David Burite.
È andata via!
Shafroha, ana ngol lik.
Sono stati quelli di via dei Mille!
Sono stati i Quindici!
Mi perdo di nuovo.
Adelina Moraru afferma Di sicuro è per colpa di quella sfida stupida!
Siete proprio sicuri che sia *sparita*?
Calco bene con la voce la parola «sparita» perché nelle schede sgualcite che mi consegnano ho notato che con-

fondono parole e significati. A volte vogliono dire cose piccole che però escono fuori storte, spezzate.

Mi stanno tutti intorno con i loro odori forti di sudore, sigaretta, gel, unguenti di cui non riconosco sempre l'essenza. Profumano di shampoo alla vaniglia, di chiuso, di plastica e burro cacao.

Con gli occhi cerco le treccine di Taja Kolu ma oggi non c'è. È assente anche lei insieme a Charlie Dí. La immagino come una coincidenza ma non riesco a crederci fino in fondo.

Batto le mani due, tre volte come a fare una magia per disperderli, come si fa con gli uccelli, le cose vive che ci spaventano e non sappiamo come afferrare.

Ma profe, Charlie è sparita!

Zakaria Laroui insiste, Giulio Abour gli lancia un'occhiataccia anche per me.

Le avete fatte le schede?

Non ci ha mai dato schede come compito.

Non vi ho dato schede come compito? chiedo e mi mangio le parole, sono caduta nell'errore.

Non ci ha mai dato compiti.

Rachel Ago aggiunge solo Difatti!

Avete ragione, rispondo sperando che valga come scusa.

Non gli credo quasi mai. Sono sempre convinta che vogliano fregarmi per tagliare tempo al pomeriggio, alle due ore che passiamo insieme ogni mercoledí e ogni venerdí.

L'altra sera, sulla bici di Iapo con i vasetti di confettura di zia Fausta nel cestino davanti, ho pensato a come li scanso ogni volta alla fine della lezione. Qualcuno di loro si avvicina e io lo allontano Perché non va? Non raggiunge gli altri? Li caccio, ho pensato. Non li voglio.

24.

Quando entro in classe la settimana successiva parlano ancora di Charlie Dí. Non dicono piú il suo nome. Me ne rendo conto per caso.

Giulio dice che non tornerà piú. Zakaria Laroui fissa il banco vuoto accanto a Taja Kolu, che è di nuovo in classe ma non guarda me, non guarda niente.

Appoggio la borsa sul tavolo.

Secondo voi dov'è? chiede Rachel Ago. La sua domanda mi sembra la traccia libera di un tema. Come quelli che pa' dava ai suoi alunni e poi, a tavola, ce li leggeva tutto compiaciuto. Ancora mi girano in testa i cognomi di alcuni di loro: Rigoni, Bellesi, Torchio. I miei studenti migliori, sentirai parlare di loro, pesca mia.

Di questi ragazzi del corso di potenziamento invece, sospetto, non ne parlerà nessuno. Questi saltano le lezioni, spariscono di notte, nel nulla.

Charlie ci è rimasta, profe.

David Burite pronuncia la frase che ronza da questa parte del Sele da giorni.

Ci è proprio rimasta, ripete Benjamin Oududu.

Ma che vuol dire? chiedo.

Pensavo di essere entrata nella loro lingua, ma mi sono illusa.

La lingua è un campo di battaglia, ho detto a pa' che non ascoltava, la pasta al sugo nei piatti del servizio buono, il volume alto della televisione.

A Basilici la lingua è un terreno di gioco e loro si divertono, io invece arranco.

Dialetti, accenti, cadenze, lingue nuovissime o storpiate, antiche. Quando supero il Sele quello che mi sembrava arabo diventa lingua latina, slava, non combacia mai con le mie supposizioni, con i volti che incrocio.

Adelina Moraru mi ha detto A casa mia si parla solo italiano, e alcuni hanno annuito. Mihai Kostenko scandalizzato ha detto Da me no, mia mamma non vuole. Benjamin Oududu ha raccontato che sua madre ha paura del pidgin nella sua bocca. Sono il piú grande, profe. Devo dare il buon esempio ai miei fratelli.

In che senso paura?

Mia madre dice sempre «In italiano giusto, dillo in italiano giusto!», e con le mani faceva le virgolette.

Ci è rimasta vuol dire che è morta.

Che modo strano per dirlo, commento, Fa pensare a una cosa ferma immobile.

Quando muori non vai da nessuna parte.

La classe inizia a scaldarsi, si animano. La loro compagna è scomparsa da cinque giorni. La vicepreside, sulle scale, mi ha detto di fretta che le autorità hanno imposto una specie di coprifuoco. E capisco che le parole ordinate che mi ha insegnato pa' da questa parte del Sele forse sono accessori. Ninnoli, pendagli per distrarsi da chi ci è rimasto.

25.

Mi hanno chiesto se ho saltato il fiume, dico.

Io e M. siamo in camera. Abbiamo mangiato pizza bianca sulle panchine davanti alla Trinity ma quando M. mi ha chiesto Entriamo? ho declinato come se fosse un invito a una cena di gala. Ho inventato una scusa, gli ho detto Andiamo a casa, perché era comunque meglio di entrare, salutare Mauro e non vederci dentro né Marta né Rico.

Ora se ne sta steso a letto e io davanti all'armadio. Voglio cambiarmi la maglia perché è sudata. Ho ventitre anni e ancora non ho imparato a vestirmi, a non macchiare il letto quando ho il ciclo. C'è qualcosa durante le giornate che mi coglie sempre alla sprovvista.

M. mi chiede Che vuol dire saltare il fiume?

Ha scelto di farsi crescere la barba per sembrare piú uomo. L'altro giorno, rientrando, me lo sono trovato davanti al cancello e non l'ho riconosciuto. Cos'è? Ti ho spaventata? mi ha chiesto dopo il mio sobbalzo.

In questo tardo pomeriggio ho un tono diffidente, lo tengo lontano. Gli spiego che a Basilici saltare il fiume significa tentare la fortuna.

Spesso sono i fratelli grandi, i nostri coetanei, gli amici che ci provano, quelli che cercano fortuna.

In che senso?

Rischiano, rispondo, Vengono da questa parte. I genitori non si buttano, se saltano lo fanno tutti i giorni per poi tornare a dormire a Basilici.

Da quello che ho capito prendono navette, hanno punti

di incontro specifici. Una panchina per i raccoglitori, una per le badanti che fanno avanti e indietro quando tutti già dormono o devono ancora svegliarsi, anche le donne delle pulizie che vanno in banca o negli studi medici dove lavora Marta.

M. non sembra interessato. Dovrebbe vederli in faccia, sentirli con le sue orecchie i racconti di questi ragazzi che nella mia bocca sembrano solo ombre e invece sono una notte intera.

Non ti stanchi mai di parlare di loro?

Me lo chiede e batte la mano sul letto come a dire Vieni qua. Un richiamo che non colgo di proposito. Mi avvicino all'armadio.

Dopo un po', però, mi raggiunge. Mi bacia un punto preciso dietro l'orecchio mentre le mani mi ridisegnano le anche, e tra le gambe si scioglie qualcosa.

E tu gliel'hai detto che tra cinque anni sposerai un fisioterapista?

La prima volta ho riso. Quando l'ho raccontato a Marta mi ha detto Ma quello è pazzo, manco ha trent'anni e pensa al matrimonio?

Adesso quando ha voglia ma non sa come dirmelo, e io lo so prima di lui, usa questo gancio per attirare la mia attenzione. Mi piaceva all'inizio, mi faceva sentire insostituibile, al centro di tutto. Mi faceva venire voglia di aprire le gambe, di accompagnarlo dentro per fare ordine nella confusione di questi mesi.

Ha ancora questo potere. I suoi occhi quasi lucidi e pieni di desiderio mi fanno sorridere per l'imbarazzo, per la vergogna del mio corpo cosí disponibile. Con la forza delle braccia che usa per manipolare i muscoli degli sconosciuti, rimetterne in sesto le ossa, mi scuote e la sua bocca di caffè adesso sfiora la mia fronte libera.

La barba che si sta facendo crescere pizzica e quando mi bacia mi viene da scansarmi ma resto. Non voglio che si offenda. Questo ragazzo che mi ha detto Amo proprio te quando non me l'aspettavo, e quando lo ripete mi chiedo sempre se mi vede intera o solo a pezzi, a spicchi come le pesche.

Apro la bocca per parlare ma M. mi riempie le tempie di baci e le dita sfiorano quasi a suonarla la mia schiena nuda sotto la maglietta ancora umida di sudore. Ora bacia la guancia, il mento e io penso solo che voglio i miei vestiti addosso. Perché di Charlie non mi ha chiesto niente anche se gliel'ho raccontato.

Mi accompagna verso il letto senza dire nulla ma sempre baciandomi.

Ma tu di lui perché sei innamorata? mi ha chiesto Marta costruendo la frase in modo strano.

Quando sto con lui tutto il resto sparisce.

Anche tu?

No, io no, le ho detto, ed è quasi una promessa.

Cadiamo sul letto a una piazza e mezza e chiudo gli occhi con forza.

Sicura? mi ha chiesto Marta poco convinta.

Il peso di M. sulle gambe, sulla pancia. Le sue mani sulle spalle, sui seni.

Ti giuro che io non sparisco Marta; non sparisco e non salto nemmeno il fiume.

Al massimo vibro, tremo, ma tanto M. non lo sente.

Al massimo il fiume sono io.

Sai quante persone sono morte?

La voce di Rico salta. Dall'altra parte dello schermo parla annoiato e non guarda nella mia direzione. È quasi estate, il quarto anno sta per finire e io sono a Bellafonte a preparare il compito di inglese. Lui ha seguito il padre a Singapore.

Sono morte di fame e di freddo e gli altri sul barcone li hanno gettati in mare.

Da qualche tempo segue il padre nei suoi viaggi e con noi comunica cosí. Mi dice le cose che non so o che non voglio sapere. Le trova nei giornali online, nelle televisioni straniere.

Mi dispiace, dico pensando a queste morti, spostando lo schermo del pc per evitare i raggi del sole.

Solo mi dispiace? mi chiede finalmente guardandomi.

Vorrei sapere di Singapore, di suo padre che l'ultima volta in cui l'ho visto aveva i capelli un po' grigi sulla nuca.

È una cosa triste, aggiungo.

Da te mi aspetto qualcosa di piú, Saragiostra.

Quando gli chiedo perché, mi risponde come se fosse ovvio. Sono praticamente morti tutti, Saragiostra, pensa se fossero stati i tuoi.

Non mi lascia via di fuga, la connessione è stabilissima.

Ma i miei cosa, scusa? gli chiedo un po' scocciata.

I tuoi parenti? mi chiede interdetto, Alla fine sono i tuoi simili quelli, no?

No, gli rispondo.

No, vero? mi chiedo.

26.

È iniziato aprile quando me la ritrovo fuori dalla scuola. Con una mano tiene la sua bici rossa e mi saluta con un cenno del capo. Faccio quasi fatica a riconoscerla, a inserirla in questo contesto. La prima volta che le ho detto del mio nuovo lavoro, del corso di potenziamento pomeridiano, Marta non si è sbilanciata, non ha fatto domande. Ha detto solo Bello, e adesso è qui.

In tutti gli anni del liceo Marta non mi ha mai passato i compiti. Non mi ha mai aiutato nemmeno quella volta che sono caduta nel salto a ostacoli o quando mollavo le prove di resistenza durante educazione fisica. Mi ha sempre detto In piedi, e io, tra tutti i compagni che ridacchiavano, con gli occhi che mi bruciavano di lacrime, mi tiravo su.

La tua famiglia è praticamente perfetta, mi diceva sempre a un certo punto. In mezzo al pomeriggio, durante un picnic improvvisato sul Sele, il giorno prima di una verifica coi piedi per aria per far circolare meglio il sangue.

La tua è segreta, le ho risposto una volta e mi sono pentita subito.

Sua mamma Sabrina l'ho vista solo di sfuggita, di schiena.

Marta dice che sua madre «non sposta i pianeti». Lo ripete spesso ed è il suo modo per non dover spiegare agli altri che non ce la fa, che alcuni giorni nemmeno si alza dal letto, che non prepara la colazione per i suoi tre figli piú piccoli.

Non c'è momento piú bello, tra noi, di quando non abbiamo niente da dirci e non c'è pericolo.

Ci allontaniamo dalle Rodari e raggiungiamo la sponda. Camminiamo sul basso Sele, però dal lato opposto.

Le ruote delle nostre bici avanzano sui sassolini del selciato. Penso ai racconti di una Bellafonte quasi senza macchine. Di come era bello andarsene in giro a piedi, con i Ciao o le Apecar di qualche contadino che poteva essere uno zio, un amico di famiglia. Si andava da una sponda all'altra senza pensarci: dal frutteto dei Faenza che si chiamava ancora pescheto fino alla zona delle villette che oggi è San Giacomo.

Come stanno i tuoi bimbi sperduti?

Non sono miei, e non sono bambini.

Lo so, era una battuta: sei uscita da lí, non sei piú sotto esame!

Provo ad ascoltarla e rilasso i muscoli. La lingua, le spalle, anche gli addominali.

L'altro giorno sono tornati dal ponte come una furia con una storia assurda, inizio a raccontarle.

Che storia?

Dicono che è sparita una di loro, ti ho parlato di Charlie Dí?

Marta non si stupisce. Ogni tanto accade: qualcuno se ne va, poi tornano come se niente fosse.

Non è normale, ribatto.

Per te Sara.

A pochi passi dal Ponte della Pace si ferma, appoggia la bici a quella che una volta era una staccionata e ora è solo un residuo di legno marcio, scurissimo. La imito come ho sempre fatto in tutto.

Io invece volevo dirti una cosa, esordisce.

Dimmi tutto.

No, prima assicurami che non commenti e non giudichi.

Io non giudico, e sento la mia voce risentita.

Tu giudichi eccome Sara. Dài, andiamo, te lo dico un'altra volta.

A quattordici anni le somiglianze diventano una questione di stato, una malattia sotterranea. I fratelli Lo Rico hanno lo stesso neo sul polso sinistro ma quando glielo faccio notare Rico risponde Ma va'. Daniela, che è ipovedente, mi crede sulla parola. Un po' si emoziona e dice Che figata. A suo fratello chiede Non sei contento? Qualcosa di buono da me l'hai preso.

Perla e Paolo hanno lo stesso sorriso di Marta ma è Pietro che le sembra figlio quando parla, quando cammina e pure quando piange con decoro.

Ilenia ha la stessa fronte di zia Fausta. Mia cugina si lamenta perché vorrebbe essere come il padre: le gambe lunghe, le ciglia folte, i capelli ricci ormai sale e pepe.

Non capisco perché non possiamo scegliere cosa prendere dai nostri genitori, dice una volta sbuffando davanti allo specchio.

Ilenia adesso gira con quelli piú grandi, alcuni hanno già la patente e zia Fausta dice Ok, ma non fare tardi.

Io allo specchio non mi ci guardo praticamente mai. Quando faccio shopping con mamma in camerino lei mi dice Specchiati, ma non l'ascolto.

Non voglio scontrarmi con la verità.

Ilenia continua a parlare davanti allo specchio e io penso che se fosse possibile ciò che ha detto poco fa sceglierei i lobi di mamma, il ciuffo di capelli lisci che le scappa sempre quando si fa la coda alta e il suo dente d'oro che non si è mai spostato da lí. Di pa' vorrei le ciglia anche io, le mani grandi e le fossette di Venere che ha sulla schiena.

All'improvviso mia cugina si rabbuia, sembra rendersi conto delle sue parole. Mi dice Scusa, avvicinandosi al letto, Sono una scema, a volte mi dimentico che tu non puoi.

27.

Rico torna in ritardo per la Festa della fioritura e lo fa per pochissimo, quasi non lo vedo.

All'inizio penso mi stia evitando, che sia arrabbiato con me chissà per cosa. Quando ci incrociamo mi dice che si è innamorato e allora le cose tornano normali come quando non viveva in Spagna.

Un giorno ci scrive ANDIAMO AL SELE dal suo numero col prefisso +34.

Ci vediamo tutti insieme e Perla racconta che alla Festa della fioritura il suo albero di pesco ha dato tantissimi fiori.

Fatto, la corregge Rico.

Si dice dato, vero Marta?

Marta fa di sí con la testa e Perla fa una linguaccia a Rico che per lei è un po' amico, un po' fratello maggiore.

Si dice dato perché è l'albero che ci regala i fiori.

Si è tagliata i capelli. Cosí a nuoto non faccio fatica per asciugarli! mi ha detto tutta fiera. Ha compiuto dodici anni ma alla fine di ogni frase guarda ancora sua sorella e anche me.

È domenica, ci sono un sacco di persone per la strada, auto sulla provinciale, gruppi di amici e famiglie con le coperte e le tovaglie sul prato. Restiamo per un po' sul basso Sele, guardiamo il sole scendere. Fa subito freddo, mi chiudo il giubbotto ma non basta. Guardo i miei amici e penso che, qualche anno fa, qui, ci venivo con gli zii, con mamma e pa' e pure con nonna Gemma.

L'acqua del Sele è spavalda e avanza. Senza farlo apposta cerco segnali sull'altra sponda. Mentre Perla racconta a Rico quello che è accaduto alla festa che si è perso vedo dei motorini girovagare. Alcuni corpi riuniti a grappoli. Non sono lontani ma non capisco se sono giovani o adulti, li immagino parlare, gesticolare in lingua.

Pietro e Perla si parlano sopra concitati.

Erano cento!

Erano come gli gnu che hanno ucciso Simba!

Avevano le armi!

Erano a petto nudo i maschi e con le armi le femmine!

Ma che dici Pietro? Perché racconti sempre cavolate?

Sulla via del ritorno li guardiamo rincorrersi sull'asfalto.

Li ho come sfondo nella visuale da anni: dai tempi delle superiori, quando io e Marta uscivamo dal Tasso e andavamo a prenderli a scuola e al nido.

Allora glielo vado a dire a Bakary! urla Pietro con le mani nelle tasche della felpa. Il passo spedito di chi è offeso.

Cos'è? gli chiede Rico mezzo interessato, Un nuovo cartone dei tuoi?

Ma va': è il fidanzato di Marta!

Quando due giorni dopo accompagno Rico alla stazione, fuori esplode l'ennesimo temporale.

I binari sono semideserti ma ci sono poliziotti in giro.

Rico è arrivato con una valigia e parte con due. In Spagna è tutto bello ma il cibo fa schifo, dice quasi giustificandosi.

Il ragazzo in divisa ferma me. Solo me. Controllo a campione, mi dice.

Non la famiglia con due bambini prima di noi, neanche il ragazzo che ci segue. Lo so perché ho osservato apposta, ci facevo caso. Ultimamente mi capita: presto attenzione a queste cose, cicatrici in bassorilievo. Rico neanche se ne accorge. Litiga col suo marsupio e quando rimetto a posto la patente che non uso praticamente mai mi dice Oh, ne hai ancora per molto?

È fatto cosí.

Ritornando a casa in autobus penso all'uomo giovanissimo in divisa che consulta i miei dati svogliato. Guarda la tessera e poi guarda me. Alla fine mi ha solo fatto un cenno come per dire Vai. Io sono andata ma prima ho detto Buon lavoro con tutta l'educazione che ho in corpo come mi ha insegnato pa'.

Socchiudo gli occhi. Tra poco c'è la rotonda, via dei Mille e la fermata a due passi dal Comune.

Il giovane uomo in divisa non ha risposto al mio saluto, probabilmente non ha sentito. È uguale. Non sento niente nemmeno io.

28.

Con Rico e Marta andiamo spesso sul basso Sele durante il liceo. È bello starcene lí con ogni tempo.

Raccolgo notizie su Luca Tuân.

Racconto a Marta che mi sbarrava la strada con la sua cartellina bianca del catechismo piena di adesivi e mi diceva delle cose cosí cattive che oggi che ho diciannove anni non so ripeterle. Mamma continuava a dirmi Invitalo per una merenda, Escici a giocare, È un bambino bravo, come se mi dovesse convincere. Sembrava propormi una verdura da mangiare e io al tavolo con le braccia incrociate.

Perché Rico l'ha chiamato Risolatte?

Per le sue origini, come Cinesino per gli occhi o Giotto per la faccia tonda. Jackie Chan, Cion Cion Blu. Me li ricordo ancora tutti. Lui mi chiamava la Straniera, l'Africana, la Clandestina. Quelle sue parole ancora le sento.

E poi? mi chiede Marta.

Poi siamo cresciuti e ci siamo persi di vista.

Ogni tanto mamma ne parla, chiude le chiamate con i suoi genitori che abitano a due vie da noi e dice solo Poverini.

Non chiedo mai, non voglio indagare. Per me Luca Tuân è ancora ostacolo e dolore. Penso c'entri il fatto che eravamo gli unici a essere cosí diversi. I genitori che insistevano per farci giocare insieme. Quando ho iniziato il liceo, sistemando la stanza ho trovato una nostra foto. Io a sei anni e la mia felpa rossa con il colletto di pizzo; lui una maglietta di Spiderman e lo sguardo sperduto, quasi spaventato. Quando l'ho mostrata a mamma mi ha detto

Pensa Sara, in questa foto Luchino era arrivato in Italia da pochissimo tempo.

Perché dietro la foto c'è scritto Luca T.?

Il suo nome vietnamita iniziava con la T.

Qual è?

Sai che non lo so? Catia ha sempre detto che era troppo difficile; l'hanno chiamato Luca per non sbagliare.

Oggi mamma, sulla poltrona color sabbia, sfoglia riviste e guarda programmi di cucina in televisione. Ha dimezzato le ore all'asilo; dice che è troppo vecchia per sollevare tutti quei pentoloni. C'è una ragazza nuova che in futuro prenderà il suo posto. Quando ce l'ha detto non sono riuscita a immaginarla fare qualcos'altro.

Ma Luca Tuân quante volte è venuto da noi?

Glielo chiedo a bruciapelo, prima che pa' ritorni dal consiglio docenti. Siamo solo io e lei come da bambina, sul bancone di marmo, con l'impasto di una torta diversa ogni pomeriggio anche se aveva cucinato tutta la mattina.

Non saprei dirti: tre, cinque, magari anche di piú.

E io e lui giocavamo insieme?

Ma che domande fai Sara? mi dice e cambia la voce. Ma poi adesso perché lo chiami Luca Tuân?

Perché Tuân è il suo vero nome.

Anche Luca lo è.

Quello gliel'hanno messo per nasconderlo meglio.

Nascondere cosa?

Il suo essere un figlio finto.

Il sopracciglio alzato e la mano sul bracciolo della poltrona. Non mi dice nulla, non mi rimprovera piú come da piccola. Dopo i quattordici anni ha iniziato a guardarmi in modo diverso. Non le ho mai chiesto niente, però penso che abbia paura di me, di quello che ho dentro. Marta dice che è l'adolescenza; Rico dice che sono pazza perché per lui mia mamma è un diamante.

29.

Abour e Laroui mi dicono tutta la verità, Nient'altro che la verità, aggiunge Abour.

È stata colpa mia, dice Abour. Nostra, aggiunge Laroui secco.

Cosa intendete?

Di Charlie che è andata via senza dire niente a nessuno.

Taja-Tajine dice a tutti che adesso sta con suo padre a Roma o a Milano. Resto in silenzio.

In verità profe è colpa mia, gliel'ho detto io che poteva scappare, che un modo c'era.

Perché dici che voleva scappare?

A Charlie non piacevano le pesche profe, mi risponde Abour. Ribatto che l'ho vista mangiare spicchi su spicchi fuori stagione sui gradini. Li divideva con Taja, aggiungo. Me lo ricordo perché ogni volta mi sembrava di rivedere me con pa', con Rico, e chiunque altro mi abbia dato un po' del suo tempo.

Non le piacciono le pesche profe, insiste Laroui, Non le piace proprio stare qui, con noi, a Basilici. Le persone, le case, gli adulti che ti fanno andare solo al capannone a pregare.

Ha fatto di tutto per andarsene quella, e quando Laroui dice «quella» muovo la testa come a dire «Fai piano con le parole».

Profe, *wallahi*, gliel'abbiamo detto che ha finto di essere molestata da uno dei braccianti! Capisce? È andata da Casamadre e ha raccontato questa palla gigantesca. E tutto per essere mandata a prendere i ghiaccioli, per saltare il Sele. Ma il Sele non si salta cosí! E tutti gliel'hanno fatta pagare!

Nessuno le parlava piú, nemmeno le zie la ospitavano piú quando suo padre non c'era.

Suo padre! esclama Laroui tirando fuori un verso di stizza *Adhaka wild hram*, fa gli affari con i *sísí*, pure con i Faenza! *Talā el baha*.

Ho afferrato il concetto.

Ma non capisco come questo c'entri col casino sul lungofiume e con la sfida…

La sfida era una scusa profe, al frutteto, alla fine della Festa c'era Marcela che l'ha aiutata.

Marcela aiuta tutti.

Sono confusa. Marcela quella che fa le treccine? chiedo.

Ah boh, che ne so? Noi non ci facciamo quelle robe.

Marcela che abita in piazza Crispi, che aiuta don Paolo in chiesa, che quando parla si mangia un po' le parole!

Sí, sí! Proprio lei!

Ma perché Marcela? Se Charlie aveva bisogno di venire a Bellafonte poteva chiedere a me, potevo aiutarla io. Avrei chiesto al Don, alla signora Luciana, a qualcuno in quartiere!

Abour e Laroui si guardano complici, sorridono quasi.

Lei avrebbe chiesto aiuto a quelli che per anni ci hanno chiuso il ponte per non farci fare la Festa della fioritura?

Sí, ma! inizio a contestare, e mi trovo colta in fallo un'altra volta. C'entro di piú io con Basilici, potevo aiutarla meglio!

Sí, ma lei profe cosa c'entra con noi?

Di cosa sono stata prima di essere Sara non ne ho parlato mai con nessuno. Non c'è molto da dire: due mesi si asciugano al sole subito. So che sono nata a Basilici quando ancora non si chiamava cosí. Un quartiere neonato, un'idea che poi è diventata onta, macchia vistosa.

Mancano otto giorni all'inizio delle prove di maturità e scrivo sul gruppo di Facebook della classe, faccio domande stupide. Rispondo a Ricciardi che chiede alcune informazioni sui compiti di inglese, dopo pochi secondi ricevo un GRAZIE di risposta ma da Sebastini.

Dopo la notte di Capodanno mi ha baciato un paio di volte nei bagni del terzo piano. Non è stato mai bello. Una volta, poco dopo il mio compleanno, mi ha pure invitato a casa sua per farlo, me lo ha scritto via messaggio. Ancora prima che rispondessi ne ha aggiunto subito un altro con alla fine una faccina che ride: PERÒ DEVI RASARTI LÍ SOTTO.

Non gli ho mai risposto. Marta mi ha detto Brava e a scuola non l'ho piú considerato. Sono contenta che siamo agli sgoccioli.

Ogni tanto l'ombra funesta di Luca Tuân si presenta nella mia vita. A Bellafonte ne parlano tutti male. Sembra diventato davvero un mostro come diceva quella maestra alle elementari. Si è guastato ma Catia e Filippo non l'hanno ridato indietro. Negli anni è finito in brutte compagnie. Ho saputo che ha iniziato a spacciare droga nei pressi degli edifici colorati che ogni tanto si vedono in tv. Ha lasciato le scuole superiori a metà dopo averle cambiate non so quante volte. Qualcuno dice che è stato in carcere per cose piccole: furtarelli, disordini della quiete pubblica. Casamadre, che conosce il padre, ha chiuso un occhio finché ha potuto ma un po' di denunce ci sono state. Dai vicini di casa, una volta anche dai genitori stessi. Non ce la fanno piú, ha detto mamma una volta finita la chiamata con Catia.

Quando ci penso so che ancora mi disturba il fatto che abbia un nome tutto suo e tutto vero, cinque anni di vita tutta sua di vantaggio su di me e probabilmente anche dei ricordi. Quando era piccolo e non si impegnava a prendermi in giro era un bambino dotato per il disegno. Chissà se ha continuato poi?

Dovrei prepararmi per la versione invece penso a Luca Tuân.

Al posto di offenderci avremmo potuto dirci Ti riconosco e ti capisco, ho cose da chiederti, scopriamole insieme. Magari anche io avrei potuto avere il mio «Tuân» da qualche parte e a lui l'avrei raccontato.

Il giorno dell'orale la commissione mi fa i complimenti, il presidente mi chiede cosa farò dopo le meritate vacanze.

Mi iscrivo a Lettere.

L'emozione di pa' e mamma fuori dalla porta mi raggiunge su questa sedia in mezzo all'aula. Negli ultimi mesi qualcosa si è incrinato, pa' non gioca piú e mamma è stanca già alle otto del mattino. Cosí lo dico ad alta voce che mi iscrivo all'università: voglio che sentano.

È proprio sicura di voler intraprendere un percorso del genere? mi chiede il presidente di commissione sorridendo. È stato accomodante per tutta l'interrogazione, mi è stato simpatico fin da subito.

Diventerò insegnante, aggiungo, Come mio padre.

Che spavalderia, signorina Righetti, speriamo che ci riesca per davvero!

La sera siamo con gli zii alla pizzeria Navona: Ilenia col suo nuovo ragazzo e Iapo taciturno e pieno di brufoli in faccia.

Mamma racconta la scena, ha il collo rosso di quando si arrabbia.

Ti rendi conto cosa ha insinuato? Zia Fausta annuisce indignata con il bicchiere pieno di vino in mano. Mamma con la bocca aperta, sospesa come in un film in streaming che si blocca. Io mi sporgo sopra la tavola per cercare il dente d'oro ma sono troppo lontana. Ho appena finito il liceo, eppure solo sapere che c'è, che una parte intima di lei è ancora tutta mia mi fa stare in pace. Non sono uscita da lei, non mi ha dato il suo latte, non le ho rubato la forma degli occhi, il colore dei capelli, i lobi delle orecchie.

Come posso chiamarla se non le sono appartenuta? Di cosa è madre se non mi ha tenuta in braccio con placenta e sangue? Che cosa le devo per il disturbo? Quanto vale il debito?

Finita la pizza saluto tutti e Marta viene a prendermi fuori dal ristorante. Lei l'orale l'ha dato due giorni fa e Rico lo dà domani perché all'artistico si può finire al quarto anno e lui si ferma. Anzi, se ne vuole proprio andare, in Spagna dice.

Dall'autoradio di Marta parte la canzone che abbiamo ascoltato tutti e penso che, in verità, è la notte prima degli esami solo per Rico, che come al solito sta al centro. Lo festeggiamo mentre lui, a noi, non ha pensato un attimo. Non gli è passato neanche per l'anticamera del cervello.

Sentiamo il rumore di motorini che sfrecciano dall'altra parte del fiume. Mi chiedo se siano maturi anche loro. Chissà se dall'altra parte del fiume studiano, vanno al liceo o se, invece, accendono solo i piccoli roghi di cui ogni tanto vediamo il fumo grigio e tossico in cielo.

Mi viene in mente mamma e la fatica che ha fatto, prima, per entrare in macchina. Sono giorni che è fiacca, che respira con una mano sul petto e la febbre le si alza a tradimento e dice Non è niente Giacinto, è questo caldo maledetto.

30.

Ma secondo voi è diversa da noi perché è della Città?

Parlano di me come se non fossi in classe, sono un fantasma.

Lei è diversa da noi perché è ricca, Rachii.

Ma anche i miei sono ricchi, ribatte Ago.

Sí, allora perché vivi dietro al cimitero? Perché non vivi al villaggio delle mura come i professori? Come i *sísí*?

Ago non ribatte piú. Stringe le labbra.

Dopo le rivelazioni di Laroui e Abour ho parlato con Marta e mi ha detto Toglitela dalla testa, magari è davvero in Francia adesso. Ho guardato la mia amica e ho annuito.

Scendendo i gradini, salutando il bidello che ci impiega sempre un po' a ricordarsi che sono insegnante ho detto tra me e me Voglio solo che arrivi giugno.

È diversa da noi perché sotto sotto è una *sísí*.

La classe ammutolisce e io guardo Sorescu come a chiederle spiegazioni.

Non puoi dirlo, sentenzia Ago.

Io dico quello che voglio! ribatte la compagna con i capelli castani che arrivano alle spalle, una maglietta della Nike e l'astuccio chiuso sul banco.

Voi quella parola non la potete usare! Oududu è appena entrato senza salutare nessuno e immediatamente si intromette. Capisco che la questione riguarda i termini precisi. Non so come intervenire: sullo Zanichelli di pa' e sul dizionario scalcagnato che ho trovato in classe i termini che usano loro non esistono.

Dalla borsa tiro fuori le schede di oggi fotocopiate al volo dal tabaccaio. Quando ieri mi mancavano alcuni centesimi mi ha lasciata andare perché a Rossini sono ancora la figlia di Giuliana.

Il cielo di metà aprile è azzurro e sembra entrare anche in questo seminterrato cupo.

Profe, come li chiama lei quelli come Benji e Rachel?

Alunni, rispondo.

No, quelli di Bellafonte come li chiamano quelli come noi?

Per me siete dei ragazzini, dei ragazzi, mi correggo subito.

Ma a parte questo? Cosa siamo? Ago incrocia le gambe in bilico sulla sedia tutta smangiucchiata.

Dico che siete dei ragazzi di Basilici.

Lei dice cosí, ma quelli come Faenza cosa dicono?

Mi spazientisco: questo gioco non mi piace. Che vogliono da me? In testa ho una ferita aperta, è un dolore che pulsa.

A volte dicono che siete stranieri.

No, non questo! L'altra parola profe, mi istigano e non capisco quale sia la parte divertente.

Che venite dall'Africa, rispondo a denti stretti, o dall'Est Europa, dall'Asia, aggiungo subito per non lasciare indietro nessuno.

Oppure? Se uno di Bellafonte vede uno come me, che dice? chiede Oududu.

Dicono che sei nero, rispondo nervosa, le gambe subito molli.

L'altra ancora profe, la parola che dicono i vecchi.

Intendi dire *negro*?

Laroui schiocca le dita, Oududu con un gesto di stizza allontana il banco da sé e, rivolto a quelli della seconda fila, dice solo Ecco, vedete?

Negro non si dice.

Taja parla e mi fissa. Ce l'ho davanti agli occhi da tre mesi e cosí non l'ho mai vista, nemmeno quando Charlie non è tornata ed era tutta scossa e sola.

Guardate che lo so che non si dice. Me l'avete chiesto voi, dico, Avete insistito, vi siete resi conto?

Te l'ho detto che è una *sísí*.

Le parole di Sorescu pesano come il marmo.

Ma lei lo sa o no che vuol dire *sísí*, profe?

Le due ore sono finite, è primavera e anche da questo lato del Sele, in questa Basilici di cui conosco solo tre strade, il tempo è buono.

Mi sa che non è un complimento, rispondo distaccata.

No di sicuro, commenta Abour dietro di me, Ma è una parola che impari subito da queste parti.

A me l'ha insegnata Charlie.

Taja è seduta sui gradini della scuola. In mano tiene una pesca vistosamente acerba: è un *déjà-vu*. Penso agli strappi, ai vuoti che non si riparano.

Ogni tanto suo papà le fa saltare scuola e le fa fare dei viaggi pazzeschi, per me adesso lei è con lui, dice. Non è sparita, continua, Non ci è rimasta come dicono Zakaria e gli altri.

Non riesco a capire se parla con me, non so se muovermi o no.

Per tutto il tempo, durante la lezione, ho pensato di uscire dalla classe, scappare fino a Rossini, dentro al mio letto disfatto, davanti al frigo vuoto, nel bagno piccolo.

Quando torna da quei viaggi spesso mi porta qualcosa, dice che l'ha trovato alle bancarelle in giro... Secondo me l'ha rubato. Però so che pensa a me, che lo prende apposta. Mi racconta dei posti che vede, delle città che ha visitato.

I *sísí* sono tutti quelli che non sono di Basilici, taglia corto Abour.

Anche i vecchi del Bar Kimbo sono dei *sísí*, Ago dice la sua.

Sí, anche loro.

Quindi i *sísí* sono i bianchi? chiedo convinta di aver capito.

Lei è nera profe, però è una *sísí* pure lei.

Questa cosa chi l'ha decisa? domando piccata.

L'ha detto Charlie, lo dicono anche le zie del sesto piano al Dragone e se lo dicono loro vuol dire che è vero.

Li chiamiamo cosí perché vogliono sentirsi dire solo questo da noi: sí e ancora sí, dichiara Sorescu che gesticola come Denise Mobili quando alle elementari ripeteva la tabellina del cinque.

Incomincia ad avere un senso questa parola semplice.

Gli insegnanti della mattina, i Faenza e tutti quelli che lavorano per loro, don Paolo che ci insegna religione: Sono tutti dei *sísí*.

Casamadre è il *sísí* piú *sísí* di tutti, profe!

Con la sua auto scura, la divisa, e quel modo con cui ti guarda per farti paura.

E poi c'è quella cosa di via dei Mille.

In via dei Mille so che c'è la pizzeria Navona al numero quarantatre. Ci sono gli uffici della polizia in cui ho fatto il passaporto e il negozio di abiti da sposa. C'era anche la casa di uno dei primi ragazzi di mia cugina che quando rideva gli si vedeva la lingua bianca, sempre sporca. Quando glielo confessai Ilenia mi rispose che non era vero. Lo vedi che non sai cosa dici? Se una cosa è bianca mica è sporca.

Via dei Mille, profe, è dove fai le carte per poter stare a Basilici.

Taja si alza di scatto e della pesca acerba che aveva tra le mani ne rimane una metà che va a buttare noncurante in un cestino.

Quindi io sono una *sísí* anche se sono praticamente come voi?

Ma lei non è come noi! rispondono in coro, un po' divertiti un po' col tono da cantilena noiosa.

Mi sento un animale notturno alla luce del sole. Questo mio nero non basta, è macchiato da qualcosa di irrimediabile.

Pedalo per rientrare a Rossini. Penso di passare solo per un attimo su via dei Mille. Allungare la strada per vederla con occhi nuovi.

Al semaforo vicino al fioraio mi vibra il cellulare: VEDIAMOCI PRIMA CHE SIA TARDI.

Marta mi riporta al mondo per l'ennesima volta.

Faccio un'inversione a U e la via dei documenti a questo giro la salto. So già che ci vedremo alla Trinity. La immagino seduta con la mia aranciata e la sua birra. Quando la penso vanno a posto alcuni pezzi, non tutti.

31.

Che è incinta Marta me lo dice come se fosse normale, ma io non lo assimilo subito.

Ma scusa, le obietto, Tu hai già dei bambini.

Mi aggrappo alla cosa piú stupida.

Non sono piú bambini, e non sono miei.

Inizio ad agitarmi perché comincia a sembrare vero e mi chiedo che senso abbia passare dai suoi fratelli a un figlio, ma poi con chi?

Mi spiega in poche parole chi è questo Bakary, ha trentadue anni, e Non te l'ho detto prima per la faccia che stai facendo ora.

Tua mamma cosa dice?

Sabri sta a letto e non sposta i pianeti.

Tutti quei pomeriggi a dirmi Aspetto solo che i miei fratelli crescano, che diventino autonomi e poi sono salva. Invece ti sei fregata Marta, penso. Avevi detto Appena Pietro sa badare a sé stesso riprendo gli studi, divento hostess e vado all'aeroporto piú lontano da qui.

Non so cosa dire. Lei esulta, mi abbraccia, ma piano, quasi avesse paura di rompermi, davanti a questo tavolino della Trinity che ora mi sembra inospitale e brutto per questa mia amica madre improvvisata di venticinque anni che mi chiede Non hai niente da dire?

Che ti devo dire?

Si sistema i capelli sotto al berretto giallo. Non ha nulla di diverso dal solito, ma io ho solo voglia di dirle Scappa. Non mettere al mondo qualcuno che qui sarà un mezzo *sísí* o un *sísí* tutto intero perché, come mi hanno spiegato, mica è il colore che conta. Non lasciarlo qui questo figlio che per tutti sarà solo di Basilici e basta anche se non lo vuole, non l'avrà chiesto. Se non si è pronti in queste strade si perde l'equilibrio, Marta, e tu non sei pronta perché sei una *sísí*.

Sei coraggiosa Marta ma questa vita di cui già parli dovrà averne di piú di coraggio, non gli basterà il tuo. Dovrà stare tra due sponde, come Paul Bonafede che dice le cose piano, ha le mani sempre occupate e quando tutti parlano non se la sente di intervenire quasi mai.

Vai via Marta. Zio Robi non pianterà mai un pesco per lui, per lei, e ci rimarremo tutti male, pure mamma, soprattutto mamma e tu lo sai. Adesso, senza di lei in mensa a dargli una razione in piú, tuo figlio chi avrà a nutrirlo?

Sono l'amica peggiore che si poteva ritrovare in un momento come questo. Una che, per capire che non sa se vuole restare dove è sempre stata, ha dovuto attraversare il fiume. Come ha fatto questo tuo Bakary ma al contrario. Giusto in tempo prima della secca, come la chiama il Rev.

Termino l'ultimo goccio di aranciata e penso che, alla fine, la mia amica, che mi ripeteva storia sul motorino urlando per vincere il vento, ha le spalle forti. Perché Sabri l'ha obbligata a essere madre quattordici anni fa e ora che è il suo turno è cosí pronta che nemmeno si preoccupa, non si dispera.

Cosí alla fine le accarezzo i capelli nerissimi, quasi blu. Chissà se sarà femmina, se di te prenderà lo spirito combattivo, lasciando indietro le lentiggini. Vorrà dire che ci parlerò, le dico, Che gli racconterò: Io ti tenevo in braccio quando eri piccolo cosí, io ti conosco da quando sei nato, c'ero nei tuoi primi mille giorni.

Appena pronuncio queste parole lei ride e piange insieme, e io con lei.

Magari il figlio di Marta il Sele lo prosciugherà e allora, per davvero, ci si potrà camminare in mezzo senza usare i ponti. I bambini ci giocheranno dentro a calcio, le donne vestite a festa da entrambe le parti balleranno canzoni nuove, e la Festa della fioritura sarà di tutti nei secoli dei secoli. Penso a questa vita che non è ancora in vita ed è già un sogno.

32.

Andiamo tutti al cimitero di Bellafonte a trovare nonna Gemma, come ogni anno. Sono giorni che io e mamma ci parliamo a stento.

Ci sono momenti in cui ho la netta sensazione che parti di me stiano andando a male. Mi spappolo, mi decompongo e a tavola, in macchina, in bagno mi sento solo sbagliata e di troppo. Quando mi chiedono Cos'hai mi infastidisco, qualcosa brucia dentro e mi porta lontanissimo.

Pa' legge le parole pesanti dei suoi poeti. Tiene gli occhi bassi, si impappina almeno tre volte e il cimitero diventa un blocco di granito senza piante e cielo. Zio Robi si porta le dita alle labbra e tocca il loculo, poi propone di passare dai peschi. Cosí ci incamminiamo verso le macchine.

Nel momento in cui si accorgono del pesco le cose si mettono male.

Sara ne sai qualcosa? Hai tolto tu il biglietto con la poesia?

Pa' non ha dubbi, e ha ragione. La mascella contratta, le spalle ricurve. L'insofferenza che tira fuori arriva da lontano, non c'entra niente con me. Con la punta del piede gioco con il terriccio, ma è un gioco stupido perché la terra è quella fredda di novembre.

Ci spieghi perché ti comporti come se fossi un'altra?

Io sono un'altra.

Saranostra, dice mamma, e la voce è un soffio di vento stanchissimo.

Di sicuro non sono vostra!

Gli zii trascinano via Ilenia e il suo ragazzo che stanno

seguendo la scena. Nell'ultimo anno ci hanno visto litigare spesso.

Fate tutto voi, continuo. Prendete, scegliete, mi date un nome scemo e adesso fate finta che non si veda. Siete finti anche voi, urlo.

Non dico «genitori», non lo attacco alla fine della frase: mi cade in gola e non c'è rete di sicurezza.

Pa' mi punta il dito contro, nell'altra mano il libro di poesie in edizione economica. Non ha capito che non sono uno dei suoi alunni del Tasso. Abbiamo giocato troppo tempo per prenderci sul serio. Lo so io, lo sa lui.

Spiegaci Sara, prova a spiegarci in cosa facciamo finta, mamma lo chiede con una grammatica sfinita.

Ma io non dico altro. Voglio solo che sradichino l'albero e pure me.

Ci ho pensato, ci ho riflettuto. Mi sono riempita la testa di domande una notte in cui ho detto Qui non ci dormo e sono andata da Marta che mi ha accolta incredula per poi addormentarsi subito con Pietro in braccio. Se tolgo il pesco, se taglio le radici dell'albero posso scoprire dove sono stata fiore e ancora prima seme. È un pensiero tutto mio, loro non lo devono sapere, lo devo preservare.

Il pomeriggio dopo quando mi ha chiesto Che intenzioni hai? ho risposto solo Devo tornare alla Sara di prima.

Solo che io voglio la Sara che non si chiamava Sara, anche se c'è stata solo per due mesi.

Nelle tasche del cappotto tengo i pugni serrati.

Zio Robi interviene. Mi dice che non posso rivolgermi cosí ai miei genitori. Con tutto quello che hanno fatto per te!

La mano sinistra piena di anelli che brillano. Penso Non gli danno fastidio quando fa la raccolta?

Mamma si sostiene a una parete, prende fiato.

Dentro ho il fuoco che divampa. Vorrei non fosse cosí ma col tempo l'ho allenato. Ho compreso che si attiva ogni volta che qualcuno mi tratta per quella che non sono. Una battuta sugli schiavi americani alla Trinity e tutti che si voltano verso di me prima di ridere come a chiedermi il permesso, l'assistente di letteratura che mi guarda la scollatura e quando me ne accorgo dice Scusa ma sghignazza; zio Robi che dice Ho lavorato come un negro e poi mi chiede Che fai, mica ti offendi? anche se io non avevo detto niente; un vecchio che mi fa i gesti come il figlio di Faenza quella volta che non avevo capito ma adesso sono grande abbastanza e comprendo.

Allora ce lo dici che succede?

Succede che i peschi mi fanno schifo.

Perfetto! Allora togliamo quest'albero, sbotta pa', Togliamolo adesso, subito, cosí non fai piú parte della comunità, di questa famiglia! Cosí non sei piú parte di noi; è questo quello che vuoi Sara? Sei contenta cosí?

Pa' non urla, si agita poco. Dice queste cose, si gira e se ne va. È un papà vero e rimane intatto, tutto d'un pezzo. Cosí a pezzi ci finisco io.

33.

Alla fine la preoccupazione ha la meglio su di me.

Com'è possibile che nessuno la stia cercando?

Si calmi signorina Righetti.

Ma un'alunna è scomparsa!

Quelli fanno cosí, arrivano, spariscono. A fine anno ne mancano all'appello sempre cinque o sei.

Non è nostro dovere cercarli?

Il nostro dovere è mandare avanti questa struttura, far compilare le schede del programma ai ragazzini non italiani.

Ma una di loro è sparita: Charlie Dí è sparita nel nulla. Potrebbe essere in pericolo, o potrebbe essere finita all'estero: in Francia!

Non possiamo farci nulla, glielo ripeto.

La vicepreside Mauri mi lascia appesa. Vince lei e io non posso niente.

Solo un'ultima cosa, mi dice, e so che sta per aggiungere qualcosa di tosto.

È stato un caso che l'ha salvata da tutto questo, signorina Righetti. Il caso le ha evitato questa miseria e io le consiglio con tutto il cuore di starne alla larga. Qui non si salva nessuno: soprattutto non si salvano quelle come Charlie Dí. Ascolti me: attraversi il fiume, come ogni giorno, e pensi a portare avanti questo laboratorio.

Inforco la mia bici e l'immaginazione prende il sopravvento.

Potrebbe essere sparita per davvero. Potrebbe essere intervenuto un malintenzionato, o Faenza che l'ha beccata mentre si nascondeva tra i peschi o, peggio ancora, Casamadre, che questi ragazzini non li perdona mai. L'ho capito solo dai loro racconti.

MA TU SAI COS'È L'ORO ROSA? Scrivo a Marta due minuti prima della mezzanotte, tanto so che mi risponde.

SONO LE PESCHE.

PERCHÉ QUESTE COSE NON LE SO?

È FACILE BIMBA: SEI DI BELLAFONTE.

Rispondo un po' scocciata con un'emoticon eloquente. Dopo un'ora mi manda un cuore stilizzato e scrive: NON È UNA COLPA, BASTA SAPERLO.

M. mi ha inviato un messaggio pieno di cose leggere che si chiude con un TI AMO. Appoggio il cellulare con lo schermo sul legno del comodino per non vederlo, per non rischiare che quelle parole escano da lí.

34.

Con l'università non ingrano cosí inizio a lavorare.

Dopo due mesi mi licenziano dalla tavola calda dietro piazza delle Rosine ma non ci rimango male. I turni sono pesanti, il capo per darmi la paga mi chiama nello stanzino accanto alla cucina e mi dà i soldi in una busta sempre sgualcita.

Pa' mi consiglia di metterli sul conto, mamma dalla poltrona mi accarezza la mano e mi tranquillizza. Quando troverai quello che ti piace, sarai felice.

Marta ha lasciato il lavoro di prima e ora fa la segretaria in uno studio medico. Resto a San Giacomo perché mi pagano bene, mi dice. La verità è che sta a due passi dalla piscina di Perla, e lí vicino c'è un parchetto in cui le piace fare pausa pranzo.

Ogni tanto la raggiungo, mi chiede di mamma, mi offre ascolto e la ringrazio perché Tu che cosa vuoi fare per davvero? non me lo chiede mai.

Lo vogliono sapere tutti, insistono, ognuno a modo suo: Ilenia quando andiamo a prendere il gelato, zio Robi quando mi chiede una mano con la legna. Pa' invece non lo dice neanche, basta il modo in cui mi guarda, la delusione leggera incastrata nelle ciglia folte.

Rico dopo essere scappato di fretta in Spagna è ritornato tre volte e l'ultima mi ha scritto AUGURI con due settimane di ritardo. Non gli ho mai risposto. Posso compiere vent'anni anche senza di lui.

Quando mi licenziano la seconda volta piango nel bagno del negozio di intimo rinomato di via dei Mille in cui ho fatto la commessa per qualche tempo. Mi avevano presa per il periodo dei saldi e correvo avanti e indietro con slip, reggiseni e camicie da notte. Penso alle ragazze, alle donne che entravano; il modo che avevano di girare per il negozio, come tastavano i capi di pizzo e di seta. Se mi accorgevo che avevano bisogno di qualcosa, mi avvicinavo, ma quelle si allontanavano, tergiversavano e cercavano altro, altre.

La referente della gelateria in cui lavoro a settembre mi dice che sono brava ma che non sono spinta dalla passione. Mi monta la rabbia, la sera torno a casa, tolgo le scarpe, la maglietta con il logo e mi metto davanti alla televisione della cucina. Mamma dorme sul divano. Ha lasciato definitivamente il lavoro prima dell'estate: pensione anticipata. Dice che è felice, che ora può guardare le sue rose, la strada dalla finestra della sala che non ha piú le tende.

Al telegiornale parlano di un gruppo di uomini che in Pakistan ha assalito un pulmino scolastico; una ragazzina è stata colpita alla testa. Pa' copre i miei pensieri con una frase surreale, che sembra uscire dalla bocca di zio Robi: Dobbiamo stare attenti a queste cose, si avvicinano sempre di piú.

Nelle nostre passeggiate lungo il Sele M. ogni tanto si ferma, mi prende il viso tra le mani e mi dice Stai tranquilla. Ma io penso ai miei sogni di studio che sono crollati in un anno solo, al conto in banca che riempio a stento, alle nuove amicizie che non si incastrano come vorrei. Penso a Marcela che i capelli non me li fa piú ma mi ferma in chiesa a Pasqua o sotto le feste e mi dice Se avete bisogno di un aiuto con la mamma chiamate. Penso anche a Rico che mi scrive ma non mi chiede mai niente per davvero. Cosí mi faccio baciare da M. Se siamo all'aperto tendo sempre le orecchie, magari la risposta a tutto ce l'ha il Sele.

Dopo qualche tempo zio mi trova un nuovo impiego. Faccio la cameriera alla pizzeria Navona.

Sarebbe bello farsi una vacanza, mi ha detto Omar uno dei miei primi giorni di lavoro per fare il simpatico, provare a legare.

Ha le sopracciglia foltissime, la fronte alta, ed è l'aiuto cuoco addetto ai primi. Se ne sta sempre in cucina o nel retro a fumare. Non alza mai la voce, e piace molto ai proprietari della pizzeria che passano a trovarci il fine settimana per vedere se è tutto a posto. Ronza attorno a noi cameriere in modo sfuggente, e noi ci teniamo alla larga quanto basta.

In sala siamo tutte donne, indossiamo una divisa con la scritta NAVONA. A fine turno ci si cambia in spogliatoio, che è uguale a quello di educazione fisica al Tasso. C'è lo stesso odore acre di corpi sudati che non hanno imbarazzo.

Sono lí quando Omar tira fuori per l'ennesima volta la storia delle vacanze. Ormai sono passate settimane e so dove vuole andare a parare, ma non ho intenzione di dargli corda. È un venerdí pomeriggio di febbraio e tra meno di un mese faccio ventun anni.

A Gloria, che è arrivata prima di me, ogni tanto lascia imbustati i piatti con i primi avanzati da qualche comanda: spaghetti allo scoglio, lasagne verdi, tortelli di zucca. Glieli lascia sulla panca dello spogliatoio. Lei mi dice sempre È un viscido, ma poi si prende i piatti che le prepara e se li mangia in macchina.

Mi cambio velocemente. Sotto la maglietta ho una canottiera e il reggiseno.

Questa stanzetta in cui ci spogliamo e rivestiamo tutti, maschi e femmine, si fa piccola. Marta ha sbottato che è contro la legge. Devi andartene da quel posto o cambiare le cose.

Ma non mi sento a disagio: mi sono spogliata davanti a Rico e a mio cugino fino ai tredici anni poi sono arrivate le madri a dirci Basta, ora tu ti cambi in camera e lui aspetta fuori. Da lí in poi i corpi sono diventati vulnerabili. Ma per gli altri, non per me. Per me hanno solo perso la grazia, e mi diverto a vedere come la gente li copre, li mette al riparo dalle voci, dai giudizi.

Immaginaci: io e te in vacanza, continua Omar.

Io e te? lo canzono cercando i jeans.

Io, ma soprattutto te con questa pelle qua.

Cos'ha la mia pelle? chiedo e faccio un passo indietro, inavvertitamente mi scontro con la panchina appoggiata al muro.

Vuoi proprio farmelo dire? ridacchia e si avvicina di mezzo passo.

Infilo i jeans, poi la felpa, afferro la borsa e volo fuori da lí.

Questo fine settimana M. ha una conferenza all'aula magna della facoltà: CHICCA GUARDA CHE STASERA NON PASSO A PRENDERTI, MA SE HAI BISOGNO SCRIVIMI.

Sull'autobus mi annuso la punta delle treccine sciolte, e sanno di funghi, di formaggio. Ho il voltastomaco.

35.

Aprile ci frana via veloce e Kostenko, fuori da scuola, mi dice Profe, ieri ho conosciuto una sua amica.

Marta non mi viene in mente subito. Faccio un giro lunghissimo di pensieri prima di raggiungerla. Chiedo com'è quest'amica, com'è possibile che mi conosca. Che lingua parla?

Kostenko mi guarda stranito. Mi rendo conto che ho il cuore in gola a immaginare che a Basilici possa conoscermi qualcuno. Sono emozionata e preoccupata.

In corridoio abbiamo incrociato la vicepreside Mauri e d'istinto ho abbassato gli occhi e detto ai ragazzi Sbrigatevi, scendiamo. È da un po' che mi chiede un rapporto, da quando ci siamo scontrate sulla sparizione di Charlie Dí e ho chiesto a don Paolo di parlarle per me.

Ho capito che non voglio averci a che fare ma dirglielo apertamente significherebbe abbandonare i ragazzi e non voglio, non posso. Mi illudo che abbiano bisogno di me.

Non è altissima, ha un modo di ridere strano, commenta Taja.

L'hai vista anche tu? le chiedo e ogni volta mi rendo conto che con lei provo sempre a mandare avanti una conversazione parallela che spesso però cade nel vuoto.

Suo fratello è bellissimo, lei profe sa come si chiama? dichiara Sorescu con la voce stridula delle adolescenti un po' felici un po' stupide.

Che ne sanno questi ragazzi? Ma li lascio parlare, mi diverte.

Ha la faccia piena di nei!
Dovevi contarglieli tutti!
Ma che dici? Da noi contare i nei porta male! risponde Tilli.
Le si vede già la pancia!
Capisco di dover tirare le fila. Però quando Asare fa il nome di Bakary l'agitazione triplica e in faccia mi nasce una smorfia. Loro la vedono subito e quasi per rispondere alle domande che non ho fatto a Marta mi raccontano che Bakary abitava al Dragone. Lo conoscono di vista.
Quindi sarà un *midi*! Taja esclama mentre Asare distribuisce come sempre le schede dal primo banco verso il fondo.
Il figlio della sua amica sarà un *midi*.
Non capisco se *midi* è meglio di *sísí*. D'istinto guardo Bonafede ma lui fissa il foglio vuoto con insistenza. So che non mi vuole guardare. Vorrei solo chiedergli se è un bene o un male. Ma sospetto che piú che altro sia il posto in cui stai a deciderne il peso.

36.

MI MANCHI PANTERINA.

NON CHIAMARMI COSÍ, NON MI PIACE.

SARA, SEI SERIA?

NON VOGLIO CHE MI CI CHIAMI PIÚ, MI FAI QUESTO FAVORE?

NON CAPISCO PERCHÉ TI INCAZZI. TI HO SEMPRE CHIAMATO COSÍ.

ALLORA ADESSO SMETTI.

Quando vedo il Dragone per la prima volta Marta sta entrando nel quinto mese.

Ogni tanto la trovo fuori dalle Rodari, con Pietro che le gironzola attorno, qualche volta ha in mano un gelato. La prima domanda che mi fa sempre è Si sa piú niente di Charlie? Marta mette sempre davanti gli altri e lo insegna anche a chi le sta attorno. L'altro giorno Perla, che ha saputo di Charlie quasi subito, mi ha detto Ho vinto una medaglia e l'ho dedicata a lei!

L'ho raccontato a Taja ma lei ha fatto spallucce.

Cosí oggi sono qui. Le ho dato retta e sono venuta fino al palazzo dove accadono le cose, da cui le sfide partono e non si sa come vanno a finire, dove mangiano le ragazzine di quattordici anni e non le risputano indietro.

Da quando Charlie Dí ha portato tutti dall'altra parte del fiume, da quando si è nascosta benissimo con l'aiuto di Marcela, Taja nei nostri pomeriggi ha alzato sempre la mano.

L'ultima volta sopra una scheda ha scritto «Il Dragone è una casa senza muri». Le ho chiesto il senso. Con i pennarelli di Asare in mano ha detto solo Vuol dire che è di tutti.

Anche mia? ha chiesto Tilli voltandosi.

Anche tua.

Anche mia? ha domandato Laroui solo per dare fastidio, visto che lui al Dragone ci abita.

Anche tua e pure della signorina Bellafonte.

Oududu ovviamente ha protestato: Adesso si prende pure il Dragone questa?

Tranquilli che non lo voglio comprare!

Tanto non può: il Dragone non si compra.

Sí è vero: altrimenti deve comprare anche noi profe!

Cosí mi sono detta Andiamoci. Andiamo a vedere questo posto che sta nei loro occhi e sempre in bocca come le madri, le parolacce, le frasi in lingua.

Mi sono già inoltrata nelle loro strade, li ho seguiti fino a piazza Hermada, ma faccio ancora fatica a orientarmi qui a Basilici. L'indirizzo che mi ha dato Taja è sbagliato. Chiedo indicazioni a una donna con un impermeabile rosso ma lei non mi risponde, probabilmente non mi capisce e io non so come spiegarmi. Un ragazzo alto, con i capelli biondo scuro, si intromette e mi dice Guardi che la strada è un'altra. Lei è quella di Bellafonte? La professoressa che insegna Biancaneve e i verbi?

Si vede cosí tanto? replico sorpresa.

Si vede subito.

Davanti all'edificio un po' rosso un po' marrone penso ancora al ragazzo che poi si è presentato dicendo Mi chiamo Raivo e sono il nipote di Katerina: un nome e un grado di parentela.

Lo stabile è quello giusto, lo riconosco subito: un murale sbiadito con il disegno di un drago enorme mi investe.

Il drago è quello di Dragon Ball, quello delle sfere, mi spiega una voce alle mie spalle. Anche quella la riconosco.

Taja mi accoglie con un bambino al seguito. Ma allora è venuta davvero!

Sembra emozionata di vedermi e non mi dà il tempo di rispondere. Chiama a rapporto una folla che si accalca attorno a noi. Scorgo la figlia dell'imam Tubiya che avevo conosciuto il giorno dell'assalto al minimarket del papà di Abour. Ai piedi ha un pallone e i lineamenti sono inconfondibili. C'è anche il fratellino piccolo di Oududu che tiene in braccio un bambino ancora piú piccolo, se è possibile, e se lo porta in giro col suo ritmo scomposto, la gamba offesa a cui non fa caso nessuno.

Io sono Vasili, mi dice un adolescente con un accenno di baffi biondissimi.

Ci sono le altre figlie di Tubiya che Taja mi presenta: Ikhraam, Khadeeja col rossetto sulle labbra, Anwaar che sta andando al lavoro al supermercato su viale Italia.

Appaiono anche i grandi. Me li indica come genitori, zii, fratelli maggiori e amici della zona.

Quella è Maria del primo piano.

Ciao Mariaa! urla il piccolo Ismail detto Momo per attirare la sua attenzione. Taja senza cambiare faccia dice Aveva una figlia Maria, ma è morta di freddo qui al Dragone e ora è un po' triste.

Poi c'è Clelia che ha appena avuto un figlio e lavora su via Roma – Su via Roma ci sono le puttane, dice un bambino in sella a una bici arrugginita e poi scappa via.

Seduti su una panchina divelta, senza schienale, ci sono dei ragazzi che lavorano alla raccolta. Sono del Pakistan quelli, dice il fratellino di Oududu, Tranne Bashir: Bashir è arrivato in aereo per studiare.

E poi che è successo Bashir? Perché non studi piú? gli urla in una conversazione ormai a cielo aperto.

Il ragazzo con le ciabatte scure e i pantaloni della tuta annuisce. No documenti, dice. Con le mani mima il gesto degli oggetti che cadono e non si possono recuperare piú.

Dico Siete tantissimi.

Siamo sempre gli stessi. Taja mi risponde guardandosi attorno come a capire se ha dimenticato qualcuno.

Sta con noi tutto il pomeriggio profe? chiede Laroui apparso dal nulla.

Faccio sí con la testa, poi dico Adesso vediamo.

Dicono Portiamola da Nana May! Chiamiamo le zie! Giochiamo in cortile. Quando Laroui prende l'iniziativa e afferra la mia bici per il manubrio, nel cortile entra una macchina blu. I piú piccoli iniziano a piangere.

Come in un gioco, si ferma tutto. Chi è nell'aia davanti all'edificio col dragone pitturato resta immobile sul posto. Anche io. Qualche bambino singhiozza e chi gli sta accanto gli asciuga le lacrime con le maniche della felpa, mi sembra che nell'aria volino pollini microscopici. Rimangono fermi il piccolo Zion e il suo fratellino con la maglietta arancione e i denti sporgenti; si bloccano due ragazze al balcone del primo piano che avranno quindici anni e poi indicano la vettura con movimenti lentissimi. I piú grandi guardano i piú piccoli con la coda dell'occhio, li controllano.

A me Casamadre non fa piú paura, dice Ismail a Taja che lo tiene per mano.

Bravo, dice lei noncurante. Adesso andiamo sotto le scale e ci mettiamo al sicuro.

Poco prima che la macchina si fermi seguo Taja e Ismail sotto le scale antincendio. La mia bicicletta è nelle mani di Laroui che non vedo piú e la immagino già perduta, abbandonata chissà dove. Ci schiacciamo contro il muro.

Non siamo i soli da questa parte del palazzo. Sopra di noi, sulle scale, c'è un gruppetto di ragazze, se ne stanno tutte vicine e rannicchiate anche loro.

Quelle sono Gaëlle del quinto piano e le altre, mi dice Taja. Non credo che le stiano simpatiche, penso che sia abituata a guardarle da qua sotto.

Quando la macchina è ormai ferma e il guidatore sta per scendere, di colpo tutti tornano a muoversi, velocemente e in direzioni diverse.

Il piccolo Zion con la sua gamba a virgola, che è rimasto immobile al centro del cortile fino ad ora, urla Ghiaccioli! Urla con tutto il fiato che ha. Una mano a coppa, sulla guancia, per amplificare la voce.

Il rumore secco di una portiera che si chiude.

Alcune donne trattengono il respiro, stanno dietro le colonne col gruppo dei bambini.

Guardate un po' chi vi ho portato!

La mascella tesa, i capelli smossi dal vento che è salito dal viale. Compie un gesto plateale per aprire la portiera posteriore della vettura.

C'è il guardiano, dice ad alta voce una delle ragazze sedute sulle scale.

Ma quello è mio zio! esclamo stupita.

Subito esco dal nascondiglio delle scale e mi espongo.

Quello è mio zio, ripeto e guardo Taja e il suo fratellino, che tiene ancora per mano. Vieni Taja, non vi fa niente.

Cosa vuol dire che il guardiano è tuo zio? mi chiede con una faccia stropicciata.

Mi avvicino a lei per incoraggiarla ma lei si schiaccia contro il muro ancora di piú.

Le dico Aspettami qui, con un gesto della mano provo a farle capire le mie buone intenzioni.

La mia apparizione in cortile stranisce Casamadre, zio Robi e tutti gli altri adulti.

L'uomo che mi ha tenuto sulle spalle per farmi vedere i peschi piú vigorosi mi guarda ma non mi vede per lo shock. Casamadre, in divisa, con gli occhiali da sole, mi dice Ah, sei tu Righetti.

Che ci fai qui? mi chiede zio quando si riprende.

Lo sai che ci lavoro.

Tu lavori a scuola, non stai in mezzo a questi teppisti.

Gli spiego che sono venuta a trovarli. Mi hanno invitato loro sai? dicendolo mi volto verso la scala antincendio, vorrei presentargli Taja e suo fratello.

Zio Robi scuote la testa. La camicia aperta su una maglietta nera, le mani in tasca.

Avanza verso di me e penso Adesso viene a salutarmi. Invece mi supera e si avvicina a un gruppetto di ragazzi tra i cassonetti e le sterpaglie; vedo Laroui con la mia bici, Abour, il ragazzo di nome Raivo che si è presentato all'inizio della strada. Zio non li raggiunge, si avvicina il giusto. Mi viene quasi da pensare che ne sia spaventato.

Voglio sapere tutto! ringhia. Ditemi tutto e non vi denuncio!

Gianrico Casamadre, col petto gonfio, osserva la scena.

I ragazzi tra le sterpaglie non si muovono, uno lancia il mozzicone di una sigaretta vicino ai piedi di zio che avanza di un passo, digrignando, ma non dice nulla. Aspetta.

Sara, Sara vieni qui! Questi sono quelli a cui dai ripetizioni? Falli ragionare, Sara. Digli che se non parlano, per loro sono guai!

Finché non mi dite chi è stato, io non mi muovo! urla poi rivolgendosi a loro.

Il silenzio si appiccica addosso.

Sara, mi dice ancora, Quando c'è stato quel disastro alla festa questi, e lo dice tendendo l'indice sinistro con l'anello grosso di smeraldo, Questi hanno osato deturpare il frutteto. Sono stati loro: hanno tagliato i rami dei peschi piú vecchi! Hanno scrollato via le mie pesche! Ti rendi conto? mi parla sgomento, agitando le braccia nell'aria. Hanno buttato liquidi tossici sulla corteccia! Te l'hanno detto che hanno rovinato anche il tuo albero, Saranostra, pure il tuo albero, con il detersivo, lo shampoo, la candeggina e chissà che altro!

Zio, io non credo che, inizio a dire, ma non so come proseguire.

Digli di confessare! Digli di ammettere cos'hanno fatto e non gli farò del male!

Laroui dice Noi non abbiamo fatto niente! e io non so se credergli o pregarlo di starsene in silenzio. Sono stati quelli dei Quindici, sono loro che hanno rovinato l'oro.

Di che state parlando? zio Robi urla, le braccia ancora per aria.

Se sono stati quegli altri vogliamo un nome, dice con voce improvvisamente calma Gianrico Casamadre. Non è qui per terrorizzare, non è qui per quelle perquisizioni assurde negli zaini, nelle tasche dei pantaloncini. Ha accompagnato zio in questa indagine privata.

Non lo sappiamo chi è stato, ma sappiamo che sono stati loro.

Lo sapete eccome, ribatte l'agente di cui tutte a Bellafonte erano innamorate alle superiori.

Sono stati quelli dei Quindici, ripetono i ragazzi sempre piú convinti.

Vogliamo un nome!

E chi li sa i nomi? dice qualcuno ironico.

Poi Laroui si guarda con Abour e decidono di collaborare a modo loro. Come hanno detto che lo chiamano quello? Raivo, tu lo chiami il Cinese, ma non è cinese.

Si chiama Giotto, ecco come lo chiamano: Giotto! risponde Raivo.

Che razza di nome è?

Dicono che si chiama Luca qualcosa Cosimini, che in verità è della Città.

Casamadre ritorna all'auto. Tutto quello di cui aveva bisogno è uscito dalle labbra del ragazzo.

Allora è italiano?! È un italiano quello che mi ha rovinato le piante? zio Robi sembra colpito da una scossa elettrica. Quando raggiunge l'auto di Casamadre non mi saluta, non dice piú nulla.

Rimango nel cortile svuotato. Anche Giulio Abour ha scosso la testa e se n'è andato, *Ghadi nemshi lhanut*, e non ha guardato in faccia nessuno.

37.

Il 2012 finisce con mamma che va all'ospedale due volte.

Non lo riesco nemmeno a dire, non lo nomino il male che ha.

Marta va a trovarla un paio di volte. Si porta dietro Perla che la guarda tutto il tempo con sospetto e dice Quando andiamo ad allenamento?

Mamma in un attimo di lucidità le domanda Ti ricordi di me? Mi chiedevi sempre il pesto col prosciutto.

Gli zii si attivano e la prima sera di ricovero arriva il primario. Ilenia passa da casa per riempire il frigo, lavare i piatti, cose cosí. Gesti che a me non sono venuti in mente.

Rico mi ha scritto ARRIVO APPENA POSSO ma non ci conto.

M. la sera viene a prendermi fuori dal lavoro.

Quando mamma inizia a mettersi la coperta sulle gambe, ad addormentarsi nel mezzo del pomeriggio senza aver fatto nulla, perdo il senso di tutto. La guardo, piego la testa per metterla a fuoco, spariscono i bordi e mi spavento.

Sono la figlia di Giuliana, Bellafonte è casa mia e il mondo che conosco sono vite certe, confini precisi: il falò di San Zeno, il basso Sele, la fioritura dei peschi, il frutteto a nord, la valle che diventa pianura ai lati e chissà dove porta. Sono tutte cose nitide che si mischiano alla pelle che ho e che riflette il mio pezzo mancante che ormai conosco e so gestire. Niente muore, al massimo si espande e poi si staglia nell'aria come il profumo del gelsomino sul terrazzo della vicina, la signora Piera.

In questi ultimi giorni mamma nemmeno la guardo piú. Non ci riesco. Mi avvicino a lei, confronto il mio palmo col suo, solo pelle liscia che sfiora altra pelle liscia e le nostre temperature che si abituano una all'altra. Lei dice sempre cose a bassa voce. Sembra un cucciolo, una foglia piccola, appena nata e attaccata a un ramo pieno di resina.

Mi viene in mente zio alla fine di un inverno di almeno dieci anni fa. Dice Si è indebolito troppo, e indica un albero del frutteto da abbattere. Piango e mi ci avvicino. Provo a fare quello che mi hanno insegnato da quando sono rinata in questa famiglia di coltivatori e poeti: mi stringo al tronco e ai rami per far passare tutto il male ma sulle mani mi resta solo materia appiccicosa. È bellissima, dico guardando la resina che ha il mio stesso colore. Talmente bella che piango per lo strazio, perché non voglio che i peschi muoiano, che le cose finiscano.

38.

Fai sempre cosí: fai cose fuori luogo e io mi preoccupo.
Ma di che ti preoccupi?
Io e pa' siamo nella penombra di una cucina che frequento sempre meno. Penso che ho ventitre anni e so prepararmi a malapena due pasti al giorno, sul conto ho i soldi ormai solo per un taxi, per dei libri, per il cinema e magari per quel test genetico che ancora non ho avuto il coraggio di fare. È stata Marta a dirmi di questa cosa, l'ha vista in una pubblicità su YouTube tra un cartone e l'altro di Pietro e mi ha chiamata subito, mi ha detto Ho trovato una cosa fighissima che devi fare, bimba!
Osservo pa' nella sua camicia celeste, cerco di non insistere troppo per non dargli fastidio. Il volto che gli si illumina a metà con la luce del televisore come certi cattivi nei film.
Di che cosa si preoccupano i padri? Delle paure dei figli o delle proprie? Io a pa' le mie non so dirgliele. Non ci riuscivo nemmeno quando stavo nel carrello del supermercato e lui mi assicurava che potevo chiedergli tutto.
Cos'è questa cosa che ti metti contro lo zio?
Non lo voglio vedere per un po', si sta comportando male.
Saranostra, tuo zio fa parte della famiglia.
Anche io se è per questo. Ma con le cose che dice offende me e offende pure te, e la mamma.
Voglio avere il diritto di andare contro questa famiglia. Anche se non so piú che cos'è. Sono anni che è una parola svuotata, e me la devo ricostruire ogni giorno.

La notte M. dorme beato con la mano sul mio fianco, a volte sul mio seno. Solo cosí riesco ad addormentarmi, mi dice. Forse mi tiene in quel modo perché ha paura che io possa scappare.

L'ho capito perché i ragazzi come Laroui e Abour se ne fregano di quello che dicono di loro da questa parte del fiume. Non gli interessa. Hanno la testa libera perché le cose importanti sono altre e ti saltano addosso subito, non come la malattia di mamma che ci ha impiegato dieci anni a venire fuori e i dottori poi non sapevano cosa fare.

Quei ragazzi stanno bene, e soffrono, poi giocano in strada e poi fanno fatica. Si arrendono, saltano il fiume, fumano, ridono, fanno bravate e a volte non hanno la luce o l'acqua e altre si chiamano con gli iPhone che perdono il giorno dopo a una festa.

Mi è bastato un solo pomeriggio con loro per capire che le madri che hanno sempre in bocca sono madri di tutti in maniera indistinta. La zia di Taja è sua madre e lo è anche dei suoi figli, ma lo è anche di Abour quando non c'era da mangiare dopo l'assalto al market del padre, della piccola Fatima che gioca a calcio e tutti dicono che è un fenomeno. Queste donne sono spesso severe, irremovibili. Ago e Sorescu dicono che spiano le ragazzine, controllano che non si spoglino troppo e pregano solo perché i maschi si laureino e si sposino. Non li accarezzano, non li baciano, li mettono in guardia subito e se prendono bei voti mica gli danno i soldi come zio con Iapo, come la vicina con suo figlio Stefano. Io provo invidia per queste donne che cucinano, raccontano storie, si sacrificano e si commuovono da sole in casa. E la provo per il mio mondo monco, che non posso riparare.

La prima volta che ho visto Taja mi sono detta Lei è come me, è uguale a me. Ma io di Taja non ho neanche gli incubi.

Quei ragazzini non hanno bisogno di me, pa'.

Ma che dici? Don Paolo mi ha detto che stai facendo un lavorone.

Non è vero pa'. Quelli sanno tre lingue e ne inventano una diversa ogni pomeriggio. Ogni volta che entro in classe mi guardano come se fossi io quella scema ed è vero, è cosí vero che non mi scoccia nemmeno piú. Prima sí, adesso è guarita pure quella ferita. Non voglio insegnare, non voglio studiare piú.

Cosa vuoi allora?

Non lo so. Ma inizio a piangere e non mi fermo. Mi passa i soldi, mi dà consigli, mi chiede cosa voglio diventare e intanto ha smesso di giocare con me, di indossare le camicie eleganti, di fare indovinelli, di lasciare libri di poesia in giro. Eppure, anche se fa male, continua a essere speciale.

Me lo dici cosa succede pesca mia? mi chiede e mi accarezza i capelli spessi, crespi come non mai.

Amo che ti preoccupi, dico, Che ci sei, che mi vuoi bene.

Sembra che tu mi stia lasciando.

Non dico niente, ma forse è vero, magari un po' lo sto lasciando per trovare me.

Quando me ne vado ha ancora la televisione che gli fa la guancia blu, come una carezza.

Lo saluto e uscendo accendo la luce.

Ciao papà.

Ciao Sara.

Solo Sara?

Sara e basta, sí.

39.

I parenti sono stati avvisati?

Mi chiede un'infermiera di passaggio controllandola e leggendo di fretta la cartella clinica. Non mi guarda in faccia e lo so che l'errore sta tutto lí. L'intoppo di una frase fuori posto di questa donna bassa, un po' appesantita, che mi scambia per altro.

Pa' mi raggiunge in corsia e glielo dico.

Ti sembrano cose su cui discutere adesso? dice, Figurati se non ha capito che sei la figlia!

Mi detesto solo per averlo pensato.

Però continuo a pensarci perché potevo dirlo La parente sono io. La figlia di questa donna sono io.

Mamma sarebbe stata fiera di me. Me l'ha insegnato lei, com'è possibile che ancora a distanza di anni non ci riesco?

È il 9 marzo 2013, e mancano quattro giorni al mio ventunesimo compleanno.

Ti raggiungiamo lí, sembriamo dei pupazzi. Ti guardiamo, ai piedi del letto, e tu che dici Non piangete, sto bene, sto bene. L'ultima cosa comprensibile che esce dalla tua bocca è Badate alle rose, e ridiamo tutti con le lacrime agli occhi, con la luce di un neon che salta un poco.

40.

Ci sono tutti. È una giornata insopportabile.

M. vestito di nero, elegantissimo e bello.

Marta con le braccia conserte, accanto a me a guardare verso l'altare e a controllarci i respiri.

Rico che è tornato dalla Spagna. È stato il primo a cui l'ho scritto e mi ha risposto solo ARRIVO; l'ha fatto subito e sotto casa ha abbozzato un sorriso.

Zio Robi con la faccia scavata che mi ripete solo Povera bimba, cosí presto. Anche se ho quasi ventun anni e in un'altra vita ci sono già passata.

La chiesa di Bellafonte è piena.

Sto tra Rico e Marta tutto il tempo. Nel banco dietro al mio, M. mi tocca spesso il fianco. E poi Marika dell'università che non sento da mesi, Gloria con la divisa del lavoro della pizzeria Navona. Non potevo non venire, mi dice a voce bassa mentre mi abbraccia.

I parenti piú stretti, i cugini di secondo grado che ho visto pochissime volte, le donne del ricamo dell'oratorio, la signora Luciana col fazzoletto stropicciato in mano, Marcela con un abito scuro. Le catechiste, i bambini adesso grandi che ha sfamato, i ragazzini che l'estate scorsa, al falò di San Zeno, chiedevano a tutti Ma ci sono le crespelle di Giuliana?

Don Paolo non tiene la funzione, è qui come amico di famiglia in terza fila. Accanto a lui la nostra vicina piange rumorosamente. Stefano e Alice ormai grandi, coi musi lunghi finalmente adatti. Mi abbracciano a stento, quasi ci fosse una membrana.

Ilenia sale sull'altare con i capelli raccolti, un paio di orecchini che non le ho mai visto. Tra le mani un foglio a quadretti. L'unica cosa che riesco a sentire è Le tue rose non avranno mai sete, zia. Poi piange delle lacrime nuove, mi sorprende e mi impressiona.

Pa' non riesce a finire il discorso. Si accascia sul leggio e zio Robi lo raccoglie con fermezza. Giuliana non c'è piú, dice. Giuliana e non mamma. Nel sentirlo mi sento esclusa e stupida.

Sono in mezzo alla chiesa e sento la fitta dei figli che si scoprono soli, unici a chiamare mamma e papà i genitori.

Sono figlia di Giuliana. La cuoca dell'asilo, la catechista, la volontaria, la mamma che preparava le torte anche per gli altri, la donna sorridente che organizzava le feste. Per tutto questo e molto altro sono andata in giro nel mondo senza paura. I vestiti piú belli a carnevale, la faccia sempre pulita. Pure quando sbagliava, si dimenticava, era lei. Quel giorno di fine agosto in cui mi aveva portato a comprare lo zaino nuovo per l'inizio delle elementari: un ricordo che mi viene cosí e mi dilania. Rico mi stringe il gomito, Marta prende aria per me.

Quando ha scelto di sposarmi ha lasciato tutti ed è venuta qui, lo sapevi?

È seduto sulla sua poltrona, la coperta sul tavolino. Sembra continuare un discorso tutto suo.

Dici che si è pentita? chiedo, non saprei cos'altro dire.

Non ce lo siamo mai chiesti, stavamo bene.

Già prima di me?

Stavamo solo preparando il terreno.

41.

È una specie di «colloquio» al contrario.

Taja mi dice Le zie ti vorrebbero parlare e ho il cuore in gola come prima di quel concerto al palazzetto lontano da casa.

Le ho risposto Sí, certo, quando devo venire?

Sabato al Dragone, zia Nette non lavora e le donne del sesto piano dicono che è il giorno giusto.

A che ora?

L'ora non c'è.

Sabato mattina chiamo Marta per sapere come sta.

Ho un alieno in pancia, Sabri dice che non ce la farò, Perla ha vinto un'altra medaglia.

Quando le dico dell'appuntamento le chiedo a che ora presentarmi. Non risponde ma ride: Si vede proprio che sei figlia dei tuoi.

In che senso?

Di Basilici non hai proprio niente, dice, Te ne sei andata in tempo.

Un po' mi gratifica, un po' mi ferisce.

Durante il solito percorso in bicicletta penso a Marta che si agita, si affanna per la comunione della sorella.

Gliela faccio fare perché la fanno tutti?

Sabri che dice?

Sabri non sposta i pianeti, che vuoi che dica?

Ci sono i peschi in pieno rigoglio, le sponde del Sele verdissime come nei miei ricordi piú onesti e i tetti e le terrazze di Bellafonte che conosco da sempre. Appena attraverso il ponte la luce muta, mi rendo conto che è proprio l'aria a cambiare e rallento il passo di questo fuori programma di sabato pomeriggio.

Chiedo conferma della strada, ancora non mi oriento bene.

Quando arrivo nel cortile del Dragone una schiera di bambini corre avanti e indietro in quella che sembra una partita di palla avvelenata urlatissima. Cerco volti conosciuti, facce viste qui l'altra volta.

L'edificio è sempre imponente, rossiccio, costellato di teli stesi. Dai balconi gambette di bambini che penzolano pericolosamente. Una ragazzina al primo piano si sta facendo i capelli: le extension seguono la direzione del vento mentre lei mastica qualcosa distratta. Un bambino di tre anni al massimo due piani piú su passa una macchinina giocattolo sul bordo del balcone. Le cosce nude, il pannolino in bella vista.

Sei già qui?

Taja Kolu fuori dalle Rodari sboccia e mi dà del tu. Nemmeno mi saluta, mi interroga subito. Tiene la mano sulla testa tonda e rasata di suo fratello Ismail. Mi stupisco perché il ragazzino tra le mani ha un libro, legge, vistosamente non si cura di noi.

Non sapevo bene a che ora arrivare, mi giustifico quasi.

Va bene profe, tanto zia è già su con le altre.

Lo dice e si volta subito. La sua schiena è coperta fin sotto le scapole da treccine nuove di zecca.

La seguo. Superiamo due porte; la seconda ha il vetro in frantumi. I miei sandali scricchiolano sopra i resti e mi domando Chi pulisce qui? Non sanno che è pericoloso? Su un lato del corridoio che porta alle scale ci sono le buche delle lettere aperte, mezze rotte. Ci passiamo cosí vicino che posso leggere i cognomi scritti in pennarello.

Noi siamo al terzo, mi avvisa Taja. Le zie però stanno al sesto, ci aspettano lí.

Sei tu la ragazza.

Sono io la ragazza?

Delle zie del sesto piano la prima cosa che ho imparato è che hanno a cuore gli antenati. Mi è rimasta in testa come informazione piena di significati che non ho capito per intero.

Si sono sacrificati per noi e dobbiamo rendergli onore, ha detto una volta Ago e mi sembrava che parlasse come una saggia con la voce da tredicenne.

So che la casa che abitano al sesto piano del Dragone è un po' di tutti e spesso chi ci passa si ferma, mangia, discute. So che pagano le gite scolastiche di chi non ha i soldi, le spese per i funerali, le bollette per le ragazze che si prostituiscono in via Roma. Le ho immaginate come madri del quartiere. Protettrici e severe in base alla situazione.

Si presentano a vicenda come fosse un gioco. I loro nomi non li colgo, penso che non vogliano nemmeno farmeli capire: Elda, Reda, Jeanette, Zara, Wissal, Maisa.

Alcune prima del nome dicono *madame*, *tante*, *miss*. Si danno un tono e non c'è velo di ironia in questo.

Mi stupisco, quasi trasalgo quando una donna entra nella stanza e dice Ciao! Io sono Federica. Aggiunge subito La mamma di Paul, perché capisce che la sua presenza non me l'aspettavo; non lí, non in quel modo.

Mi fissano. Paiono in posa. Ci siamo spostate nella cucina grande, Taja è sparita subito da qualche parte lí accanto e penso che vorrei essere con lei.

Dalle altre stanze si sentono della musica, alcune grida di bambini, una televisione accesa.

Mi guardo attorno in questo luogo pieno di odori, giocattoli sparsi, pacchi, sacchi di vestiti negli angoli con scritto sopra SPEDIRE.

Padre Paolo dice che sei cresciuta in Città.

Parla una donna con un caschetto rosso. Una parrucca corta, sbarazzina che fa a pugni con il viso quadrato e la carnagione. Annuisco senza produrre suono e lei si avvicina come a voler controllare dei dettagli. Penso subito ai capelli: sono in disordine? alla pelle: è troppo chiara?

Bent men ntiya?

Cerco un appiglio ma non mi viene in aiuto nessuno. Spero che non si offendano, mi auguro che qualcuno ripeta o traduca per me come Abour quando Faaria si dimentica che non lo so capire.

Un'altra donna ancora mi parla da seduta. Gli occhi truccati, il velo scuro che mi fa sempre pensare al lutto e so che sbaglio.

Mi sento sotto esame.

Sono stati bravi i tuoi genitori italiani? chiede zia Nette, la piú alta tra tutte, Sei stata brava tu?

Ha dato il via alle danze e ora tutte si accavallano per chiedere, per sapere.

La tua lingua la sai?

Dove abiti?

Hai un lavoro, sí?

Oza penza mwasi kitoko.

Hai dei figli?

Sei tu la maestra dei nostri figli?

Oza na bana?

E la tua mamma?

La tua mamma di prima?

All'improvviso Taja appare con una bambina in braccio. Avrà quasi un anno, tra di loro sembra che ci sia confidenza.

È brava vero? chiede allo stuolo di donne parlando di me.

Ko manquer de respect te boubou, ah!

Molimbisi.

Chiedi scusa anche a lei.

Scusa signorina Bellafonte. Me lo dice con la mano piccola della bambina sulla guancia. Non so se mi sta prendendo in giro o se vuole essermi complice.

Tu sei la ragazza, ripete zia Nette allungandomi un pezzo di pane che rigiro tra le dita. Ti abbiamo fatta venire perché i nostri figli sono in pericolo, il Dragone è pericoloso adesso.

Tu sei quella che gli fa il corso di italiano del pomeriggio, giusto? un'altra voce arriva dall'entrata della stanza che non ha porte, solo una tenda.

Ciao zia, esclama Taja. Lei è zia Fakhita, lavora in via dei Mille in questura: traduce i documenti.

Li devi difendere, esclama zia Nette riprendendo il discorso.

Mi spiegano che dopo i fatti della Festa della fioritura le cose sono diventate complicate.

Come dopo il colpo al minimarket di Ahmed!

Molto di piú! esclama zia Fakhita con la voce di chi ne sa.

Dicono che la polizia deve fare i controlli, ma quello noi lo sappiamo già.

Siamo abituati!

Il problema sono le persone della Città!

Ci trattano male.

Non ci vogliono piú al lavoro! Sono arrabbiati con noi per quello che è successo!

Ma non sono stati i nostri ragazzi! Non sono stati loro!

Fetele mele nu-s aşa: îs brave!

Scuotono il capo e battono le mani con stizza. Vogliono che io dica alla mia gente – Alla tua gente! – che non sono persone cattive.

Devi dire che abbiamo bisogno del lavoro!

Le ascolto, e annuisco a queste loro richieste.

Mentre mi parlano mi chiedo come sarebbe stato crescere con loro e non solo con zia Fausta. Mi vengono in mente le sue mani che tremavano sempre un po' dopo il vino, dopo il caffè, i libri regalati, la «Settimana Enigmistica» nella casa al mare.

Mi immagino piccola, con le treccine corte o magari con quei *bantu knots* – il nome me l'ha insegnato Ago – che non mi sono fatta mai, in mezzo a queste donne, sulle rampe delle scale antincendio, sui balconi, indifferente ai vetri rotti, al vuoto. Mi vedo con una bicicletta da dividermi con altri cinque, otto, nove bambini che urlano e io che urlo con loro come non ho mai fatto, perché Non sta bene sbraitare Sara, devi essere educata sempre.

La mia è una fantasia che non si è allenata però. Si ritrova a muovere i primi passi incerti in un mondo che fino a pochi mesi fa neanche consideravo. Una fantasia piena di buchi che queste donne scovano subito. Sono stati bravi i tuoi genitori? Sei stata brava tu?

Taja mi riporta alla realtà. Mi parla piano, come se stesse traducendo per davvero. Una volta, in aula, ha parlato delle traduzioni che fa alla domenica, a messa, dall'italiano al francese per i fedeli piú anziani.

Le zie dicono che se glielo dici tu quelli della Città ti credono.

Na ba Faenza pe!

Tu devi tornare a vivere qui, incalza zia Nette, Devi tornare a vivere con quelli che ti assomigliano davvero.

Insiste e la trovo invadente.

Ma io abito a Rossini, dico, in Città: non sono di qui.

Tajaeli e gli altri ragazzi della scuola dicono che in verità sei di Basilici. *O bandi ko kosa boubou?*

No, zia, non è una bugia...

Devi tornare allora. Abbiamo bisogno di quelli come te: quelli bravi, che hanno studiato, *étudié, tu me comprends?* Come si dice, *boubou*? Diglielo tu, diglielo! *Voilà!*

Mwana oyo aza mundele?

Taja sbuffa.

Il tuo viso dice le cose. Zia Nette ha chiuso l'acqua del rubinetto e versa mezza bottiglia d'olio in una pentola. Il tuo viso dice che sei di qua, non questi vestiti, non le tue parole.

Incasso. Dal cortile sei piani piú giú il rumore di bici che frenano, una risata chiarissima e cristallina e poi una voce rotta di bambina urla I ghiaccioliiii!

La donna che pulisce le verdure col coltello dentro a una bacinella è la prima ad aprire la portafinestra e a lanciarsi fuori per capire. Rimango colpita dalla sua agilità, la bacinella rovesciata sul pavimento. Zia Nette sibila e in un attimo sono tutte fuori.

Si sporgono dalla ringhiera, si consultano. Sembra un tribunale all'aperto, gli spalti di un campetto.

Adesso noi vogliamo i colpevoli!

La voce che arriva dal cortile mi paralizza. Non ho bisogno di vederlo.

Fuori! Questa volta non la passate liscia! urla zio Robi.

Non mi affaccio al balcone, potrei cadere giú, rompermi tutta. Invece devo restare intera per andare lontano da qui.

Non c'è solo lui, le altre voci non le riconosco. Potrebbero essere Casamadre, alcuni colleghi di zio. Potrebbe essere il signore dell'amministrazione, il figlio dell'addetto al carico montaggio con quei capelli rossi e le polo col colletto sempre tirato su.

C'è il guardiano! Chiama i tuoi fratelli *boubou*, *Benga bango noki!*

Venite fuori! urlano dal cortile. Immagino zio Robi raggiungere l'ingresso e schiacciare i pezzi di vetro con la suola delle scarpe.

Signorina Bellafonte, devi andare via! Saliranno finché non li trovano!

Cos'è successo?

Chaamia del quarto dice che i Faenza hanno scoperto della sfida. Qualcuno ha spifferato tutto: l'oro rovinato, gli alberi segnati! Hanno saputo tutto! E ora ci puniscono! Adesso viene tutta la Città e ci punisce!

Voglio andarmene da qui, voglio stare in un posto in cui essere presente non è una colpa.

Se scendi dalle scale ti trovano, Taja mi blocca sulla porta.

Saluto le donne di fretta, sono tutte impegnate e di me che scappo via non se ne curano.

Per di qua, mi dice Taja e io la seguo.

Arriviamo davanti a una porta verde di metallo pitturata. Aprendola mi propone la fuga dalle scale antincendio.

Io non le uso mai, ci sono sempre loro. Parla a mezza

voce e con la testa indica un gruppetto di ragazzine: sono quelle che abbiamo spiato dal basso la prima volta che sono venuta qui. Si stringono tra di loro. Noto le borsette, le magliette a barchetta, i jeans attillati. Sono uguali identiche alle adolescenti che ora frequentano la Trinity, passeggiano sul corso e il venerdí sera fingono di essere piú felici di quello che serve.

Saluto Taja in un modo che ci mette a disagio perché provo ad avere un contatto. La bambina appoggiata al suo fianco si lamenta un po' ed è la prima volta che sento la sua voce.

Ci vediamo in classe profe.

Ci vediamo.

Mentre scendo le urla di zio Robi e di Casamadre sono attutite dalle mura.

Scavalcando le ragazzine chiedo scusa, loro mi osservano senza dire nulla e io capisco Taja che le tiene alla larga.

Una volta giú, mi ritrovo nel punto in cui mi sono nascosta con Taja e suo fratello l'altra volta. Mi guardo intorno e non so cosa fare.

Cosí, nel panico, scrivo a Marta: VIENI A PRENDERMI, SONO AL DRAGONE, TI PREGO.

Inizio a camminare con il desiderio forte di allontanarmi da questo posto. Il campo da calcio, la strada con l'asfalto rovinatissimo che sbocca in quello che sembra lo stradone della provinciale. Mentre aspetto la risposta di Marta penso a Charlie Dí, mi chiedo se sia passata anche da qui prima di saltare il fiume una volta per tutte.

Via da qua sorella!

Una voce femminile mi colpisce alla schiena, come un pugno. Mi giro e una ragazza con il petto coperto solo da un reggiseno azzurrissimo tiene le braccia aperte, sembra voglia abbracciarmi. Ci impiego qualche secondo per capire che la sua vera intenzione è spaventarmi. È apparsa dal nulla e dietro di lei altre quattro, forse cinque ragazze con abiti dai colori accesi, le labbra truccate, il sudore sulla fronte, le gonne corte, i tacchi vertiginosi.

Vattene da qui sorella! Se stai qui ci rubi il lavoro!
Mi dicono anche Sparisci, *O bungi?*
Mi vengono in mente le parole di Laroui e degli altri: quante volte mi hanno parlato delle prostitute di via Roma.

Quando la macchina di Marta arriva dal fondo dello stradone la riconosco subito.
Sali, mi dice Bakary e io sussulto.
Dov'è la mia amica? Perché al suo posto c'è questo uomo che non conosco e non mi conosce? Non è da lui che voglio essere salvata.
Si sporge per aprirmi la portiera dall'interno.
Non ti mordo, mi sorride il futuro papà. Marta mi ha detto Valla a prendere tu! Prova a spiegarsi, a riempire il silenzio.
Devi stare attenta da queste parti.
A non farmi ammazzare da loro? chiedo osservando le ragazze sui tacchi.
Bakary guida sicuro, lo sguardo sul paesaggio che piano piano ritorna comprensibile. Quelle come te devono fare attenzione.
Ai posti in cui vanno?
A quelli da cui vengono.

Per avere la metà di ciò che vuoi dovrai fare il doppio, Saranostra.
Ma non ha senso pa', è una truffa se dici cosí!
Forse volevi dire inganno?
Tranello.
È una frode.
Un raggiro.
Una fregatura.
Allora una bugia!
No, una bugia no.

42.

Lo incontro fuori dalla stanza dei tutor.

Frequento Lettere moderne. Sono cinque mesi che vengo qui per seguire Letteratura latina, Storia romana e altri due corsi che mi piacciono molto. La sessione invernale non è andata bene come avrei voluto e devo recuperare. Ci penso quando lui mi ferma per chiedermi dei distributori automatici. Mi dice che si trova in facoltà per un amico.

Sono settimane strane. Pa' si è rintanato nello studio dopo che Chierici, il suo collega di francese, gli ha soffiato il posto da vicepreside.

Al ventisei del parziale di Storia romana ha detto A quell'esame io presi trenta. Poi ha alzato il volume della televisione e si è messo a commentare il telegiornale regionale.

Mi sembra sempre piú come zio Robi. So che spesso si incontrano al frutteto, alla Trinity e che con altri uomini discutono delle cose che vogliono cambiare. Il nuovo progetto che coinvolge Bellafonte è quello dell'ampliamento del frutteto. Altri ettari, altro terreno per espandere il potere dei Faenza. Le piante ci sono, dice zio Robi, i numeri anche: manca solo la manodopera ma quella sappiamo dove prenderla!

Qualcuno commenta: Dicono che sono bravi, raccolgono bene e in fretta. Io ascolto disinteressata con i libri di testo sulle gambe incrociate in salone.

Poi non vogliono tanti soldi, aggiunge zio Robi.

Meglio per noi, risponde pa'.

È metà marzo, le lezioni sembra durino giorni ma è perché il sole resta fuori e noi dentro. Il ragazzo che cercava i distributori in corridoio lo rivedo qualche altra volta e ci salutiamo a distanza. Ci impiega qualche settimana per invitarmi a uscire. Rilancio con un invito alla Festa della fioritura.

Ci accordiamo per il pomeriggio.

Lui si chiama Matteo ma non lo dico mai ad alta voce, lo tengo per me e nei messaggi che mando a Rico e a Marta scrivo solo M., come per proteggerlo.

Secondo gli asiatici le pesche simboleggiano la vita eterna, una specie di totem contro le forze malefiche, dico mentre avanziamo sul sentiero del lungofiume.

M. sembra non cogliere, cammina un po' storto e il suo silenzio mi agita.

Da piccola mi dicevano che se mi appoggiavo per qualche minuto al tronco di un pesco tutto il male se ne andava via, aggiungo. La stradina sterrata fa fare rumore alle suole delle nostre scarpe.

Marta ha detto Quindi è proprio un appuntamento? Rico mi ha scritto poco prima che M. si presentasse fuori casa solo per dirmi MI RACCOMANDO: NON COMPORTARTI BENE. Mi ha fatto ridere.

Perché sai tutte queste cose sui peschi?

Lo guardo come per dire Hai visto dove siamo? Lui sorride alzando le mani in segno di resa.

Mio zio è uno dei capi del frutteto dei Faenza; hai presente le marmellate?

No.

I succhi al nettare di pesca?

Mi spiace, no.

Dài, non si vende altro da queste parti!

Sí, ma mica esisterà solo la frutta qui.

Camminiamo fino a quando il sole non si nasconde dietro al campanile.

Ci sediamo sull'unica panchina libera e lui mi parla di persone, esperienze e desideri. Improvvisamente il mio vocabolario mi sembra povero.

Mi racconta che ha un fratello piú grande che entra ed esce dagli ospedali. Lo va a trovare e spesso, nei reparti in cui viene ricoverato, fa amicizie inaspettate.

Molti dei suoi compagni di stanza vengono da là, mi dice, e indica la schiera di palazzine altissime e colorate dei Quindici.

Come fai a saperlo?

Parlano sempre del fiume, della Città, di quanto vorrebbero viverci.

M. mi spiega che abita a qualche chilometro da qui. Da pochi anni, abbiamo seguito papà per lavoro.

Alle bancarelle in piazza delle Rosine gli compro le pastelle con la confettura di pesca dell'anno scorso. Devi proprio assaggiarla! gliela metto sotto al naso.

Ride e mi illumina. Come se non contasse e contemporaneamente fosse indispensabile.

Sotto casa esce dalla macchina che gli ha prestato il padre e mi accompagna fino al cancelletto di ferro. Spero che la signora Piera non sia alla finestra a spiarmi da dietro al gelsomino. Mi prende la mano dalla tasca del giubbino di jeans e mi imbarazzo. Gli racconto di questa vicina impicciona, dei suoi figli coi musi lunghi. Appoggiato alla colonnina del campanello marzo gli passa sulle labbra e io sono leggera.

43.

Le vacanze di Natale sono iniziate e per la prima volta da tantissimi anni a gennaio non ci sono state le piogge abbondanti che zio aspettava.

Sto seduta sullo sgabello della cucina, le extension sul bancone di marmo. Le gambe nude perché il vestito che indosso ormai mi va corto.

Quando Marcela dice Ho finito, chiudo gli occhi fortissimo nell'attesa dell'acqua bollente che serve a fissare le punte delle mie treccine nuove. Non accade mai ma ho sempre paura che mi bruci le orecchie.

In tv il canale di Mtv passa tutte le mie canzoni preferite e, quando un rapper canta insulti verso l'ex fidanzata, Marcela commenta con disapprovazione.

Mamma tira fuori il portafoglio per pagarla e io mi giro perché provo vergogna. Marcela passa tutte quelle ore in piedi dietro di me, con le mani sulla mia testa, ma io non penso che sia lí per lavorare. Penso che sia mia amica, una che mi assomiglia e vuole stare con me anche se quando parla non ci capiamo.

Sara, ringrazia Marcela per i bei capelli che ti ha fatto.

Dico Grazie e lei si avvicina alla borsa per tirare fuori un barattolo: è bianco e arancione, e quando lo apre esce un odore acre, sgradevole.

Lo metti tutti i giorni questo, dice a me ma guarda mamma, Tutti i giorni su faccia e braccia. Mentre parla mima il gesto di spalmarsi la crema.

Mamma prende dalle mie mani il vasetto di plastica

colorato, non mi dà il tempo di leggere. Si mette gli occhiali da vista che usa da qualche mese e che tiene appesi alla catenina colorata. Scruta la confezione: Non capisco, cosa c'è scritto?

Per essere piú bella.

Tu che studi francese, mi dice mamma, Dimmi un po' cosa dice.

Sull'etichetta del contenitore che mi allunga c'è la foto di una donna bellissima. I capelli lunghi, lisci, il sorriso luminoso. Avvicino le scritte microscopiche agli occhi e leggo: *Caro white, crème de beauté clarifiante*.

È una crema per la pelle, rispondo.

Hai detto «clarifiante»? Come chiarificare? Schiarire?

Mamma ha la faccia allarmata che le ho già visto altre volte. Marcela annuisce felice e ripete i gesti di prima come a farmeli memorizzare.

Clarifiante, sí, le risponde, Come la candeggina.

Mamma appoggia il barattolo sul mobiletto all'ingresso sopra le pagine gialle che non usiamo piú da anni. Questa cosa tu non la usi, dichiara secca.

Non so se lo sta dicendo alla me di ora o alla bambina che sono stata.

44.

La prima cosa che capisco è che non mi vogliono parlare.

Non li trovo fuori come al solito, appollaiati sui due gradini o in gruppetti sparsi. Non mi vengono incontro urlando Profe quando allaccio la bici al palo con la scritta in arabo bianco. Oggi mi dice «Proteggiti dal male» ma, con le chiavi del lucchetto in mano, questo male penso di averlo un po' addosso, non me ne libero.

Non mi salutano quando entro; non un Ciao, un Ehi, un Buon pomeriggio. La porta aperta e le mani sui banchi, le gambe allungate sui pavimenti. Qualcosa si è rovinato.

«Puoi fare di meglio, Saranostra».

Contaminato? Penso e ricaccio la parola nello stomaco. Incrinato, spezzato, rotto e consumato.

Quante ne sai, Sara? Non abbastanza.

Li saluto e Ago in prima fila alza la testa svogliata.

Cos'è? Maggio vi ha tolto la voce?

Taja mi fissa dal suo banco nel mezzo, con quel vuoto da un lato che pesa ancora come un macigno.

Avete scelto di non parlarmi piú? domando con ironia.

La signorina Bellafonte qui è parente del guardiano, sbotta Oududu. La voce piena di stizza. Di sicuro è stata lei a dirgli tutto! continua.

Hanno preso Raivo, Dirir del piano terra e pure il fratello grande di Taja! Questa volta li hanno presi per davvero, hanno detto che erano i colpevoli e li hanno portati a prendere i ghiaccioli!

Ci ha traditi profe!

È venuta dalle zie e invece aveva già fatto la spia!
Ci ha fregati!
Faccio di no con la testa. Non ho imbrogliato nessuno, non ho detto niente di niente.

Io li ho scelti, li ho voluti ma loro no!
Di cosa stai parlando? mi chiede Marta. Siamo sul lungo Sele perché a fine lezione è apparsa fuori da scuola come un sogno.
Sono passati quattro giorni da quel sabato insensato. Le zie del sesto piano che mi giudicano, zio Robi che ritorna alla ricerca di un colpevole, le scale antincendio, via Roma e Bakary che mi recupera come gli eroi nei film anche se nei film gli eroi non sono mai come lui.
La gravidanza va avanti, lei e Bakary ancora non vivono insieme. Lui deve chiudere delle pratiche, lavorare alla preparazione della raccolta e al magazzino in piazza Crispi.
Per mettere da parte i soldi, per il bambino, dice, Ma tanto lo sai, te l'avrà detto no?
Piú mi parla piú capisco che quel recupero in macchina casuale e in emergenza dell'altro giorno è stato un tentativo di avvicinarci.
Tu sei andata lí convinta di dargli qualcosa e loro non la vogliono. E questo ti fa impazzire. Non accetti il fatto di non poter dimostrare che sei la piú brava.
Io non voglio dimostrare niente, voglio che sappiano che sono come loro, che sto dalla loro parte!
È questo il problema Sara: tu non stai dalla loro parte!
Se non sto dalla loro parte allora dove starei?

45.

Perdo il portafogli quando mancano ottantatre giorni esatti alla festa di San Zeno, il patrono. Lo scopro perché voglio prendermi una birra all'oratorio San Filippo ma non ho da pagare. Le signore al bar mi dicono Fai pure la prossima volta, sei una di noi.

Mi nascondo perché non voglio che qualcuno mi incroci cosí spaesata e stanca.

Quando don Paolo mi vede quasi si spaventa. Lo stanzino della fotocopiatrice dell'oratorio è l'ultimo dei posti in cui immaginava di trovarmi.

In questi mesi l'ho incontrato veloce alle funzioni, su via dei Mille, al bancone della frutta al mercato. Ci siamo sempre salutati con un cenno del capo, mai una parola di piú. Nei corridoi di scuola ho sempre tenuto la testa bassa: lui lí alla mattina insegna religione. Non ho mai trovato le parole per spiegargli come andava male prima, e adesso non ho nemmeno piú il coraggio.

Ma tu sei sicuro che volevano me? gli chiedo dopo qualche attimo di imbarazzo.

Parli di Giacinto e Giuliana o dei ragazzi di Basilici?

Tentenno. La maglietta sudata appiccicata alla parte bassa della schiena.

Ti ricordi che quando eri piccola venivo a casa vostra e a te piaceva interrogarmi sui verbi?

Resta in piedi, dentro questa stanzetta piena di vangeli e cartelloni arrotolati.

Mi chiedevi in continuazione le coniugazioni e mi correggevi se sbagliavo.

Sono stata bambina un sacco di tempo fa.

Sei proprio sicura?

Don Paolo mi provoca col sorriso dei buoni, di quelli che fanno le domande solo per fartici fare sopra qualche pensiero, ma le risposte già le sanno. È una cosa da preti, diceva pa' del suo modo di parlare.

Sara tu sei stata messa al mondo da una donna che ti ha portato fino a noi, dice, Ma devi ricordare che l'amore di un genitore è l'amore di chi ti vuole conoscere, di chi si dà la possibilità di vederti crescere e ti amerà sempre.

E se pa' si fosse stufato? A volte ho l'impressione che da quando c'è solo lui non sia piú come prima.

Non penso proprio che sia cosí. E poi sei piena di genitori Sara. Hai attorno un sacco di madri e di padri che ti hanno scelta e che ci sono stati, ci sono.

Gli parlo degli ultimi mesi e la prima cosa che lui mi dice è che non mi devo abbattere. Qualcosa farai.

Anche se sono come loro, anche se non sono come loro?

Ci vengono affidate solo cose che possiamo sopportare, Sara.

Ma io ho perso la loro fiducia. Li ho persi.

Arriverà un momento in cui capirai, Sara. Don Paolo non mi interrompe, mi ascolta. E le sue parole pacate sono un po' brezza.

Per rientrare a Rossini allungo la strada.

I piedi sui pedali mi portano sul basso Sele dove spio l'acqua liscia, sempre uguale. Le frasi docili di don Paolo riecheggiano nelle mie orecchie e adesso mi sembra che mi manchi un altro pezzo.

Mi fermo nel punto esatto del lungofiume in cui a fine marzo le famiglie festeggiano la natura che comanda. Penso a tutte le volte che ho tentato di tenere a bada il desiderio dell'oltre.

Ero convinta che se mi fossi permessa di guardare piú in là, di uscire da Bellafonte anche solo col pensiero, avrei tradito mamma, ferito pa' e deluso gli zii, gli amici, tutti quanti.

Il cielo è sgargiante e, per un attimo, sull'altra sponda mi sembra di vedere il Rev. Probabilmente si tratta solo di un ragazzino che gioca sulla sponda con l'acqua limacciosa.

46.

LO VOGLIO CON UNA FORZA CHE NON SO.

Rico mi manda messaggi sempre dopo le tre, le quattro del mattino. Sa che li leggerò il giorno dopo. Fugge al presente, scappa dall'adesso.

La mia amicizia con Francesco Lo Rico oggi si mantiene grazie alle chiamate su FaceTime, alla chat di WhatsApp quando mi deve girare dei link di un video di YouTube. Mi scrive se è troppo triste o troppo ubriaco, oppure tutte e due le cose insieme.

Per me Rico è Rico e non lo so spiegare.

Due giorni prima di Natale, alla vigilia della partenza, ha detto Facciamo le presentazioni. Cosí ci ha portato questa persona con una voglia sulla mano, la maglia larghissima e colorata e una collana con un ciondolo di legno che mi è venuta voglia di toccare. Si chiama Vale e quando Rico si è imbarcato, insieme a Marta siamo rimaste lí a fissare la folla che andava e veniva.

Rientrata a casa dall'aeroporto gli ho scritto subito MI PIACE MOLTO.

NON TI ABITUARE mi ha risposto qualche giorno dopo. Un messaggio senza faccine.

Leggo e rileggo il suo messaggio di stanotte e mi chiedo ancora, per l'ennesima volta, come batte il cuore a questo mio amico che mi è cresciuto davanti agli occhi.

NON SO NIENTE RICO gli rispondo SONO GIORNI CHE NON

LAVORO E OGNI VOLTA CHE VEDO MIO PADRE MI VIENE DA PIANGERE.

LUI È SENZA TUA MADRE.

E IO SONO ORFANA. PER LA PRIMA VOLTA E MEZZA.

COS'È? ADESSO TIENI IL CONTO?

L'ultima cosa che ho provato a portare in classe sono stati i modi di dire, ma loro per tutto il tempo mi hanno guardata annoiati e seriosi.

Hanno costruito un muro senza scritte, mi hanno tagliata fuori. Sono sola a sventolare schede, a consegnarle, a camminare tra di loro.

A un certo punto della lezione Laroui si scalda per una parola in lingua pronunciata da Burite. Gli risponde in lingua anche lui e io alzo le mani pensando Adesso mi arrendo. Invece dico solo Ragazzi, non litigate per favore, ma loro nemmeno ridono. All'inizio mi schernivano e mi manca.

Nell'attesa che completino la trentaseiesima scheda del programma, Moraru alza il suo foglio e con la matita indica un rigo che dalla scrivania non leggo. Cosa vuol dire questo? chiede.

Mi avvicino e dico che devono scrivere dei proverbi che conoscono. Ma mi guardano come se stessi parlando agli abitanti di un'altra galassia.

Le frasi che dicono i vostri genitori, gli adulti, i modi di dire.

Gesticolo, formo un cerchio con le mani e mi sento ridicola.

Mia mamma dice sempre Ti spezzo io prima che lo fanno gli altri, dichiara Oududu.

Non so se questa frase è un modo di dire, è un po' violenta.

La violenza è un'altra cosa profe, esclama Ago dal secondo banco.

La violenza c'è alla tv la notte tardi o al telegiornale quando siamo a scuola, dicono. Sta nei video della guerra che mi ha fatto vedere una volta mio padre, dice Kostenko, Lui l'ha fatta davvero, io ancora non ero nato.

C'è stata al parcheggio dell'autorimessa, giú in centro, racconta Abour, C'era Casamadre contro quelli del piano terra, Hamdi con il labbro insanguinato, Raivo e Dirir. Quando dice i nomi degli amici sento che si incrina qualcosa: il ricordo di quello che loro vivono come il mio tradimento senza mai avermi fatto spiegare.

Mia zia dice sempre La famiglia non si taglia, interviene Taja con il banco alla sua sinistra ancora vuoto, sempre vuoto. Non so se sia un modo di dire del paese, continua, Non gliel'ho mai chiesto.

Resta dove ti posso sentire! esclama Paul Bonafede dal nulla. Federica, continua, ma poi si corregge La mia mamma lo dice sempre.

Federica, lo scimmiotta Laroui.

E i modi di dire dei suoi genitori? mi chiede Bonafede, con la voglia di riempire il silenzio dei suoi compagni.

Vorrei trovare una risposta efficace, recuperare la loro fiducia in un colpo. La zia di Taja dice che «La famiglia non si taglia» eppure io mi sento fatta a fette, a spicchi di vite che non mi appartengono piú. E se invece alla fine la famiglia poi si taglia, nostra signora di Basilici? Se si sgretola, se va in pezzi, che si fa? Io che faccio?

47.

Profe posso dirti una cosa?

Paul Bonafede mi bracca con gentilezza, quasi mi chiede per favore e io mi paralizzo alla ricerca dello scherzo, del tiro mancino che mi aspetto.

Volevo dirti che io non sono arrabbiato con te. Le mani sulle bretelle dello zaino mezzo vuoto, gli occhi fissi alla mia gola. Mi chiedo se controlla se sto respirando, se nota la vena che batte forte per la paura, per la sorpresa.

Sono contenta, rispondo. Ma se lui non è arrabbiato vuol dire che gli altri lo sono, e la situazione torna a sembrarmi irreparabile.

Mi appoggio alla lavagna completamente pulita, tanto non ci scrivo piú.

La mia mamma in verità è di Rossini. Gesticola con cura, le guance irrorate dalla luce delle quattro passate. Ho come la sensazione che voglia dirmi qualcosa di importante. Una confessione gigante: dove è finita Charlie, chi ha rovinato l'oro rosa dei Faenza, queste cose che mi tormentano nel sonno, che mi hanno fatto perdere la bussola.

Ma Bonafede si avvicina e mi dice solo Io a volte non so se sono nero o se sono sbagliato.

Non so come guardarlo, ho il terrore che qualsiasi mio movimento potrebbe rovinare l'attimo.

Per la famiglia di mamma, continua, Quando vado a Rossini sono solo nero, anche se non sono tutto nero ma un *midi*.

Annuisco con la testa, ma vuole aggiungere altro. Volevo solo dirti che quando non capisco bene cosa sono o quando al Dragone mi prendono in giro, io chiudo gli occhi e penso di essere come il fiume.

Parli del Sele?

Sí: è anche di Basilici il fiume, non solo della Città, e se ne sta lí in mezzo e scorre, se vuole scappa via.

Era questo che volevi dirmi Paul? domando.

Penso di sí, risponde con calma, E anche che tu sei un po' come me: un po' di qua e un po' di là. Ma se chiudi gli occhi, puoi scappare via.

48.

Dietro la colonna del salotto origlio le parole di mamma e pa'.

C'è stata una riunione importante al frutteto. In televisione continuano a passare le immagini di una torre piena di fumo e di un aereo che ci cade dentro distratto.

Guardavo i cartoni quando è apparsa. Ho urlato fortissimo Mamma, mamma! ma c'erano solo Ilenia e zia Fausta che ci ha detto Andate in camera a giocare.

Adesso i miei genitori sono strani. Li spio mentre parlottano.

Stai a vedere che dobbiamo lasciare tutto e andarcene da qui, dice mamma con lo straccio della cucina sulla spalla come all'asilo.

Ma figurati Giuliana, Roberto non lo permetterebbe.

Cosa ne sai tu? Sei un esperto di coltivazione, e da quando? Di parassiti?

Pa' resta zitto e io stringo forte la linea che divide la colonna a metà.

Ho paura.

Ieri Luca Tuân a catechismo non mi ha spinto, non mi ha nemmeno insultata. Mi ha lasciato in pace per tutto il pomeriggio e solo alla fine si è avvicinato per dirmi Tu lo sai che siamo stati adottati perché le nostre mamme prima avevano perso dei bambini?

Non è vero, gli ho detto.

È vero: i loro figli veri sono morti cosí hanno preso noi.

Sei un bugiardo!

Siamo dei figli di riserva. Quando non gli serviamo piú, quando partono per le vacanze, ci lasceranno, vedrai.

Me ne sono scappata via con la cartellina bianca che sbatteva contro il ginocchio.

Non gliel'ho detto a mamma, non oso dirlo a pa'. Ho deciso che d'ora in poi li controllo a distanza, ascolto tutto quello che dicono e appena vogliono andarsene mi nascondo nella valigia grande di mamma cosí non mi dimenticano.

Adesso, poi, che al frutteto sono arrivati i parassiti a rovinare la raccolta. Zio Robi una volta li ha chiamati anche con un nome che mi ha fatto ridere: extracomunitari.

49.

Perché continui a comportarti cosí con la supplente?

Siamo al cambio dell'ora, la gita a Praga sembra lontanissima e mi prudono le mani per le domande invadenti che mi fanno gli sconosciuti ogni volta. A scuola i docenti che non mi conoscono al momento dell'appello si fermano sempre al mio nome e stupiti non mi chiedono Com'è possibile? ma fanno di tutto per far sí che glielo spieghi io con educazione, ripetendo la stessa storiella davanti ai miei compagni indifferenti, annoiati quasi.

Proviamo a parlare di come mi tratta lei un secondo? rispondo a Marta, mentre ciondoliamo nel corridoio del Tasso.

Controlla che sul cellulare non ci siano chiamate da sua madre, che ha lasciato stesa a letto con le tende tirate.

Vai oltre, Sara, mi dice guardando poi fuori dalla finestra che dà sul cortile pieno di studenti, Fattene una ragione: non sei la figlia di Giuliana ovunque.

Ma chi vuole esserlo?

Tu vuoi esserlo, cosí non sopporti quando ti ricordano il contrario.

50.

L'ultimo giorno di scuola non mi presento. Continuo a pensare a Charlie Dí che è scomparsa da piú di due mesi e nessuno l'ha cercata, alle pesche del frutteto rovinate per sempre e a questo dolore che non mi abbandona. È il 6 giugno e mamma non esiste da due anni due mesi e ventotto giorni. Sono stesa sul letto col soffitto che mi dice le cose che nascondo.

Al telefono pa', l'altro giorno, mi ha detto Non vieni mai.

Se andassi dovrei rendermi conto che in verità non volevo, che mi sento a disagio e tutto quello che contiene la casa in cui vive da solo mi mostra cosa abbiamo perso.

Abbiamo finto pa', questo gli volevo dire. Invece ho detto solo Nei prossimi giorni passo.

Però i prossimi giorni sono arrivati a oggi e mi sono alzata solo per mangiare uno yogurt, per leggere un messaggio di Rico.

La mia coinquilina ha addirittura bussato alla porta e ha chiesto Stai bene? Quando l'ho sentita mi sono quasi spaventata perché alla porta non bussa mai nessuno.

Non rispondo nemmeno a M. che mi propone un picnic fuori porta, fuori programma, HO PRESO ANCHE I SUCCHI ALLA PESCA, mi scrive per convincermi, prova a farmi sorridere da lontano. Riconosco l'impegno ma non gli rispondo lo stesso. Marta mi chiama e poi mi scrive TUTTO OK? e ci allega una foto di lei con Bakary e Perla sorridenti. Sono in macchina, le teste che si toccano, e Perla dietro a fare il segno di vittoria con le dita.

Tengo sul letto il pc acceso su una serie tv, gli auricolari con i fili attorcigliati. Le schede impilate sulla scrivania o a terra contro l'armadio.

Fuori giugno non ha pietà e splende.

Mi giro e mi rigiro nel letto, sento le cosce calde e quando le tocco i palmi freddi mi danno sollievo per qualche secondo.

Caccio giú la voglia di piangere, di scappare, di non essere, e provo a vedere cosa rimane.

Qual è il nocciolo? L'armellina della pesca che sono, come diceva pa' quando ero piccola e miei desideri stavano in un palmo.

Mi chiedo Come si fa a saperlo? Il mondo che ho sempre conosciuto ha cambiato faccia senza avvertire, addirittura stagione. E ho il sospetto che sia solo l'inizio.

51.

Ci pensi mai che la cosa piú famosa di quel posto sono le pesche?

La finirai mai con questa storia? chiedo a Rico che ci ha chiamato su Skype perché doveva riempire del tempo. Tra un turno e l'altro, ha detto. Continua a non raccontarci che lavoro fa, con chi passa il giorno.

Marta gli chiede della sua relazione a distanza con Vale e lui bofonchia, tira fuori il ghigno di quando non consegnava le tavole al liceo artistico e si sentiva furbissimo.

Di Vale ce l'ha spiegato a suo modo, chiedendoci Siete confuse? Con sua sorella Daniela gli è bastata una frase, ma lei ha sempre una risposta pronta per tutto e gli ha detto Che cosa me ne frega in cosa si identifica? Tanto non ci vedo comunque!

Quando ce l'ha detto abbiamo riso, poi mi ha aggiunto Tua mamma avrebbe capito subito.

Restiamo in silenzio per qualche secondo, sullo schermo i nostri volti bloccati, come in pausa.

Vieni qui a Madrid! mi dice.

Ma non eri vicino a Salamanca? chiede Marta.

Vieni qui, Saragiostra. Salvati, scappa ora che hai mollato quelli!

Quante cose avrei da darti Rico, penso.

Invece ho addosso una verità che mi ha appiccicato Ilenia un po' di tempo fa: Sara tu lo sapevi che il tuo amico Francesco – che adesso sta in Spagna, giusto? – dicono che se n'è andato perché dava fastidio ai ragazzini dell'oratorio?

Le ho risposto solo Ma che cosa dici? e poi mi sono alzata, senza voler sentire altro.

Guarda che lo dicono tutti, ha ribadito mia cugina.

In Città ce ne sono tante di voci su Rico, sui suoi gusti sessuali, sul falò di San Zeno di sei anni fa. Parole che corrono in questo quartiere che non è il suo, pregiudizi.

Io invece ho deciso che si chiamerà Oro! ci annuncia Marta.

Che razza di nome è? chiede Rico.

Tu stai zitto che ti chiami solo Francesco!

Ma Oro è da maschio o da femmina? lo domando perché Marta il sesso lo sa ma non ci vuole dire niente, quando glielo chiediamo si tocca il ventre e sorride.

Ma Bakary che dice? chiede Rico senza curiosità.

Che deve dire? È d'accordo, c'è e decidiamo insieme: dovrebbe essere diverso?

E perché non un nome con la P, come hai fatto con gli altri? Rico adesso provoca, ma Marta non incassa.

Perché adesso sono madre, non sorella: i nomi con la P sono quelli del sangue che ci ha imposto mio padre, per Oro voglio un nome diverso, un sangue libero.

52.

Della rivolta vengo a saperlo da Iapo a sessantotto giorni dal falò di San Zeno. È passato dal mio appartamento per ritirare la bici celeste visto che a scuola non ci vado piú, perciò non la uso.

Mi dice È stato un macello! e poi ride. I capelli biondicci per l'estate lunghi sulla fronte.

Sei stato coinvolto anche tu? domando.

Ci sono passato la sera, con gli altri ragazzi della squadra: gliel'abbiamo fatta vedere a quelli dei Quindici! Ci siamo rifatti dopo il casino alla festa di marzo!

È piú alto di me di dieci centimetri e sulla bici sembra un gigante, mi fa quasi impressione.

Volevamo solo spaventarli, fargli capire che non comandano.

Ci siete riusciti?

Sí. Mi dispiace solo per il ragazzo, risponde.

Quale ragazzo? chiedo e mi salta un battito.

Bakary ha detto che sono arrivati in pieno giorno, Marta me lo racconta.

C'erano tutti: Faenza Junior, quello del montaggio carichi e pure altri che frequentano lo studio medico.

C'era anche zio Robi?

C'era anche tuo padre, Sara.

Non riesco a pensare. Per la prima volta in vita mia invidio la mia amica, suo padre assente che le ha lasciato solo le lentiggini e una famiglia di cui occuparsi.

Rico mi scrive CI SONO STATI CASINI?

M. mi chiama la mattina del 10 giugno e mi chiede subito Sei al sicuro? come se ci fosse stato un attacco nucleare. Mi ha ricordato quella volta con lo tsunami in Giappone o gli attentati in Francia e su Facebook che ti arrivavano le notifiche dei conoscenti lontani che dicevano «Sto bene».

Tutti mi chiedono di raccontare ma io non so molto.

Di sicuro sono coinvolti quei ragazzi, come fai a non saperlo? mi incalza M. Ha la voce apprensiva, e io lo immagino con la mano a sfregarsi il mento, come quando si concentra.

Non lo so, ti giuro che non so niente.

Alla tv dicono cose ma non si capisce molto! Prova a contattarli, no?

In bocca mi manca la saliva e mi passa il pensiero che mi stia dicendo tutto questo per curiosità, non per reale preoccupazione.

Amore, mi senti? mi chiede alzando un po' la voce.

Chiudo la chiamata senza salutare anche se non si fa, lo so, è da maleducati.

Lo scopro dalla tv, dalle voci in piazza delle Rosine, dagli articoli con i titoli grandi online, dalle parole ciancicate di pa' e zio Robi, arrabbiato e soddisfatto, da Iapo che piano piano si schiude come un fiore e mi dà dettagli piccoli.

Lo sai il nome del ragazzo? gli chiedo ancora.

No Sari, so solo che è mezzo morto, risponde facendo spallucce, Poi quelli hanno tutti i nomi uguali, Mohamed, Amadou, non si capisce un cazzo. Che ne so io come si chiamava quello che è morto.

Ci è rimasto, lo correggo, Si dice ci è rimasto.

Come cazzo parli, cugina?

Me lo dice don Paolo che è Giulio a essere caduto a terra. Ha sbattuto la testa in un punto delicato, tanto delicato.

Me lo dice dopo avermi raccontato che zio, pa' e altri di Bellafonte e di Rossini si erano riuniti per affrontare i colpevoli del raccolto danneggiato.

Subito dopo le elezioni è cambiato il clima, il nome di Tubiya, l'imam, non è piaciuto mai a nessuno in Comune e i voti che ha raggiunto hanno allarmato un po' tutti.

Gli chiedo cosa c'entrano le elezioni con quello che è accaduto.

Dicono che volevano solo andare lí a parlare con Tubiya, chiedere ai ragazzi i motivi del loro gesto, continua don Paolo. Ha gli occhi piú segnati del solito, le mani nelle tasche. Stupidamente mi chiedo se nelle ultime ore ha pregato. E se sí perché, per chi.

Volevano solo avere delle risposte, magari anche dai genitori.

C'era anche Casamadre, dichiaro e non chiedo.

C'era anche Gianrico che ha tentato fino alla fine di tenere la situazione sotto controllo, lui e i colleghi che ha chiamato da San Giacomo e che sono accorsi subito, ma era già tardi.

Mi racconta che il putiferio si è alzato quando dalla parte dei ragazzi c'è stata resistenza. Zio Robi, pa' e gli abitanti di Bellafonte e Rossini non hanno mai parlato con i genitori dei ragazzi del quartiere, non hanno neanche incontrato Tubiya che era al capannone che fa da chiesa e da moschea. Ad aspettarli in piazza c'erano i ragazzi e l'hanno vissuto come un gesto di sfida.

Ma tu li hai visti Don? Tu eri lí?

Fa di no con la testa.

C'erano Nadia del forno, la signora Luciana che teneva il ventaglio perché faceva caldo, troppo caldo, c'era Iapo con Stefano, e pure Paolino che quel giorno aveva allenamento al campo ma non ci è andato pur di far casino. Se Marta lo scopre, penso, se lo viene a sapere lo uccide e lo resuscita.

È durato tutto quaranta minuti, un'ora al massimo: il

gruppo di Bellafonte e di Rossini ha attraversato il Sele. Avevano cartelloni, qualcuno con fischietti e pentole per fare rumore. Poi sono arrivati sotto gli ingressi dei Quindici. Speravano di trovare qualcuno ma a quell'ora sono deserti. Cosí si sono spostati in piazza Hermada e lí hanno trovato i soliti. Anche i tuoi, mi dice don Paolo.

Zakaria e Giulio, Mihai con un cugino e anche il fratellino piccolo di Benjamin, quello con il difetto alla gamba.

Mi stupisco che conosca i loro nomi, i legami che li tengono saldi e in vita. Mi sentivo depositaria di un segreto speciale e scopro che era tutto sotto la luce del sole.

È iniziata con qualche insulto poi hanno cominciato a volare oggetti, sassi. Non si sa da quale parte, aggiunge lui. Ma lo sappiamo tutti e due che stamattina, alla tv, la ragazza bionda ha parlato di una «Aggressione aggravata per mano della popolazione sempre piú criminale di quello che ormai si può definire ghetto, non piú periferia».

Sono passati quattro giorni, ho capito solo che Giulio è stato colpito ed è caduto sull'asfalto.

Siamo sotto il patio nel giardino degli zii. Un pescheto personale. L'aria è inondata di profumo. Trovarmi qui mi stordisce.

I primi a lanciare cose sono stati quelli dei Quindici, mi dice Iapo.

Don Paolo dice che non c'erano!

Quelli c'erano eccome, mi risponde con un bicchiere di vino in mano.

Allora dimmelo, lo incalzo, Chi c'era dei Quindici?

Non li so i loro nomi. Però la sera c'era uno, parla piano come a pregustarsi il racconto, Dicono che è uno di quelli che ha organizzato le cose al frutteto. Avrà la tua età, però ha gli occhi a mandorla, i capelli lunghi con la coda. Lo chiamano Giotto, Stefano dice che sta a Basilici perché a Bellafonte anni fa ha fatto cose brutte.

È Luca Tuân, dico.

Chi? Iapo butta giú l'ultimo sorso.

Pa' a capotavola, a qualche sedia da noi, si raddrizza un attimo. Ma parli di Luchino?

Sí, gli rispondo, Luca Cosimini, il figlio di Catia.

Guarda che ti sbagli, ma pa' ha la voce poco convinta.

Non mi sbaglio e lo sai. L'avete trascinato qui, l'avete costretto e adesso vi ha tirato contro i sassi.

Non parlarmi cosí Sara. Noi a Luca non abbiamo fatto proprio niente.

Giacinto, ce lo spieghi perché tua figlia parla cosí ultimamente?

Non sento la risposta di pa' a zia Fausta. Non posso restare qui, non un minuto di piú.

È tra la vita e la morte, sentenzia don Paolo.

Le braccia conserte, le mani nascoste sotto le ascelle.

Ci sarà un'inchiesta, scopriranno i veri colpevoli e le cose si sistemeranno, vedrai.

Ma io dico No, non può essere. Non è vero che Giulio ci è rimasto.

Non piango, non verso una lacrima. Dentro di me dico solo *Mashallah* come mi ha insegnato a dire Zakaria che adesso chissà dov'è ma di sicuro si dispera.

Piangono il signor Ahmed Abour e sua moglie che nel suo paese era laureata in inglese mentre qui si nasconde in casa, piange Nana May con le sue platan chips, piange il Rev anche se le lacrime cadranno nel Sele e si confonderanno. Piangono Adelina Moraru con i capelli raccolti in una treccia elegante, perfetta, Paul Bonafede con sua mamma che assomiglia alla mia, le zie del sesto piano che hanno saputo tutto dai balconi, Taja che era stata messa in guardia, che aveva detto a tutti Dobbiamo stare attenti. E pure Charlie piange, ovunque si trovi, chiedendosi se tutto questo è colpa sua. Piangono tutti ma io non posso, non sarebbe giusto.

Mi aveva detto la verità Giulio Abour. Nient'altro che la verità, profe. Con la mano sul petto come prima dell'inno.

E ora?

C'è l'indagine sui fatti, il raccolto rovinato, piazza Hermada bloccata dalle transenne, il viavai in via dei Mille, i giornalisti, i Faenza incattiviti, le voci all'oratorio.

Chi la dice, adesso, la verità su queste persone, su questo posto, su tutti noi?

53.

M. mi chiede Sei sicura di amarmi?

Ieri mattina gli ho scritto VEDIAMOCI e lui non ha risposto, si è presentato sotto casa, ha suonato e la mia coinquilina con le infradito e una borraccia in mano ha detto solo Ti vogliono.

Allora sei viva, dice. Sembra invecchiato di colpo. Decido di uscire e ci avviciniamo al fiume.

Camminiamo tenendoci per mano e nel frattempo M. mi getta addosso parole. Suo fratello è uscito dall'ospedale un'altra volta, un nuovo cliente ha la spalla lussata per aver lavorato troppo, ha fatto un giro in montagna con gli amici e gli hanno chiesto tutti Sara dov'è? Sara sta bene?

Metto un piede davanti all'altro e penso a quante volte gli ho mentito, l'ultima in questi giorni quando gli ho scritto A SCUOLA SONO PIENA, APPENA FINISCE CI VEDIAMO. Lui mi ha risposto OK e dopo qualche secondo TI AMO.

Con lo sguardo basso, penso ai nostri tre anni e mezzo cosí. Tra risvegli, gite, pomeriggi a non fare niente. Quella volta che M. mi ha detto Voglio presentarti la mia famiglia, e io gli ho chiesto se per caso gliel'aveva detto.

Che cosa?

Che sono nera.

Sara ma sei cretina?

Mi devi una spiegazione, mi dice ora.

Non so bene cosa sia successo, penso di essermi un po' persa.

Ma tu… sei sicura di amarmi? Sei sparita, mi sono sentito uno scemo.

Una volta, inizio a dirgli, A letto mi hai detto una cosa che continua a girarmi in testa.

Cosa? si avvicina ma faccio mezzo passo indietro per avere la giusta distanza nello sguardo.

Una volta hai fatto una battuta su di me che sono nera e al buio non mi si vedeva.

Si aspettava tutt'altro. Lo capisco da come inclina la testa.

E quindi? mi domanda per saperne di piú.

Io ho riso.

Hai riso a una battuta idiota, ok, e allora?

Io ho riso a una battuta fatta da te sulla mia pelle.

Sara non sto capendo.

Lo so.

Sparisci per due settimane e l'unica cosa che mi dici è che ho fatto una battuta idiota?

La maglietta bianca aderente, i jeans tagliati sul ginocchio, le scarpe nere e rosse di marca che si è regalato mesi fa. Prova a mettermi le mani intorno al volto. Faccio di no con la testa.

Matteo, senti.

Se mi chiami per nome mi spavento.

Non gli dico che fa bene, lo sa già. Conosce la mia faccia e le contrazioni dei miei muscoli piú impercettibili. L'ha capito che lo sto lasciando. Ho i capelli naturali senza extension, il sole di giugno mi illumina la fronte, di sicuro è lucida.

Davvero mi stai lasciando per una battuta?

Mi chiedo se mi abbia ascoltato.

Hai riso anche tu, cos'ho sbagliato?

Ho provato a cercarla la risposta ma non la trovo, è come se fosse sul fondale e io in superficie. Tendo la mano, mi allungo per immergermi, ma non ce la faccio, ho bisogno di aria.

Cosí lo lascio.

È stato perfetto, ha azzeccato i ristoranti, i weekend fuori zona, il numero di baci e anche il momento giusto per iniziare a spronarmi. Mi ha fatto vedere i *Goonies* e *Notre Dame de Paris*, mi ha portato al palazzetto alla partita di basket e io l'ho trascinato in libreria, in quella mostra dentro le stanze del Comune. Siamo stati felici, troppo stanchi per fare l'amore, e ci siamo arrabbiati.

Mamma una volta ha detto Sei ancora piú bella da quando stai con lui. Sua madre alla seconda cena dai suoi ha dichiarato Sei molto piú bella delle altre che si vedono in tv. Quando l'ho guardato per capirci qualcosa mi ha stretto a sé e mi ha detto Lo vedi che sei bellissima per tutti?

Stai facendo un errore, sbotta rabbioso. Mi trattiene per un braccio e io dico Ahia, mi fai male.

Cosí mi lascia.

E va bene cosí.

54.

A don Paolo glielo vado a dire in associazione. Cosí ne approfitto per salutare Marcela, penso.

Tutte le volte che capito davanti alla chiesa, ai giardinetti della piazza, mi saluta e mi chiede Ti faccio le trecce nuove?

Dopo il viale, la fila di cassonetti è lunghissima, piazza Crispi si staglia irregolare e svuotata dal caldo. Tra poco inizia luglio e nessuno è mai venuto a cercarmi, a recriminare qualcosa.

I ragazzi le ultime schede non le hanno fatte. Chissà in direzione che hanno detto. La vicepreside mi ha congedata con sufficienza, non ha commentato nulla e mi sono sentita ancora piú in colpa. Mi chiedo se la mia scelta ha influito sui professori della mattina. Se le mie schede incomplete, le valutazioni mancate abbiano avuto un peso. Cerco di non pensarci, di lasciare stare.

Don Paolo mi conosce da sempre. Una delle prime volte che mi ha visto mano nella mano con M. ci ha sorriso da lontano ma è rimasto in disparte. Sa che volevo seguire le orme di pa', magari insegnare al Tasso. Quando ho rinunciato agli studi, fuori dalla chiesa una volta mi ha detto solo Chissà quante cose farai. Ha aspettato il momento giusto e mi ha proposto un lavoro. Un punto di contatto con una parte di me che lui aveva visto e io no. Per questo oggi torno da lui, per dirglielo in qualche modo. Per ammetterlo anche a me stessa.

Sembri irrequieta come quando eri piccola.

Non dico nulla.

La stanzetta in cui sono venuta qui a gennaio per parlare dei ragazzi di Basilici è cambiata. Può essere anche solo la finestra aperta o la macchinetta del caffè nuova. Non considero nemmeno che a cambiare sono stata io.

Don Paolo me ne offre uno tutto orgoglioso e dice È stata una donazione da parte di sconosciuti; ho trovato il pacco qui con la scritta PER IL DON. Dice che sa da dove viene: è un modo che alcuni di Basilici hanno trovato per chiedere scusa a modo loro. Non gli interessa dove l'abbiano presa o trafugata. È già un gesto buono in mezzo a tutto questo dolore.

Prova a dirmi Come stai, mi incalza come durante le confessioni con gli altri bambini in fila. Denise Mobili che usciva sempre subito e noi pensavamo che fosse la piú brava, quella senza peccati. Magari non si impegnava a inventarli come noi, magari li nascondeva.

Don, dico, Stavolta non sarò fortunata come l'altra volta.

Quale altra volta Sara?

Quando tu mi hai trovato e mi hai portato da mamma e da pa'.

Parli dell'adozione.

Parlo di quando ero sola e tu mi hai trovato una famiglia.

Ti senti sola come allora?

Che ne so? gli chiedo, Avevo due mesi come faccio a saperlo?

Magari il tuo corpo lo sa, anche la mente; magari è ancora un po' difficile da assimilare.

Dico Mmh, annuisco piano, abbasso lo sguardo e resto in silenzio.

Poi piango.

Non so per quanto tempo. Ferma immobile, in piedi come i cavalli, le braccia tese lungo i fianchi, i capelli sciolti, piccoli rami senza fiori.

Alla fine don Paolo si avvicina e mi accarezza la testa, mi porge un pezzo di Scottex e mi dice Quando vuoi sono qui. Lo dicevo sempre alla tua mamma sai?

E adesso?

Adesso lo dico a te ed è pure piú bello.

Mi sento spezzata in mille frammenti, ho perso tutti.

Adesso pensa a trovarti tu, tutto quello che credi di aver perso è piú vicino di quanto immagini.

Ma io non ci voglio piú tornare a Basilici.

Chi ha detto che lo devi fare per forza? mi risponde con serenità e mi tranquillizza.

Rifaccio il breve percorso a ritroso: il corridoio, la porta di legno sbeccata, i tre gradini dell'ingresso ed ecco di nuovo piazza Crispi spalancata e desolata.

La luce mi sorprende. Gli occhi si devono riabituare, le ciglia incollate mi danno fastidio.

Per questo quando la vedo la prima cosa che mi dico è Non è possibile!

Strofino gli occhi con lo Scottex ruvido. Li riapro subito dopo e quello che ho visto è ancora lí, davanti a me, con un paio di jeans slavati, una maglietta nera e i capelli rasati cortissimi come l'ultima volta.

Ma com'è possibile? penso. Poi lo dico e basta. Ormai non ha piú senso tenersi le cose in testa. Anzi lo urlo per farle arrivare subito le mie parole di sconcerto e meraviglia e rabbia e gioia aperta: Non dirmi che per tutto questo tempo *tu* sei stata qui?

Nel bel mezzo di piazza Crispi, Charlie Dí si volta senza spavento.

Tiene in mano una cassetta di frutta piena di pesche. Le prime dei raccolti, rosse e gialle. Belle, piene. Pronte a soddisfare tutta l'attesa dell'anno passato.

Quando mi vede, inaspettatamente, ride con tutta la faccia, come non l'ho mai vista e la penso salva.

Signorina Bellafonte, dice, Come va?

Ringraziamenti.

Il primo grazie alla mia agente Arianna Miazzo e a tutta la PNLA: mi avete vista subito, per davvero, e non mi avete mai lasciato.

Grazie a tutta la casa editrice Einaudi e ad Angela Rastelli; ho in mente un mattino preciso in cui questa storia è diventata anche tua. Grazie alle mie famiglie in giro tra Brescia, Torino, Cuneo, Roma, Fiumicino, Palermo, Napoli e Ferrara.

Grazie ai libri, a chi li scrive e a tutta la filiera editoriale.

Grazie a Valerio Casanova.

Grazie a Grace Fainelli e a Martina Merletti per la lealtà e l'amicizia in questi mesi assurdi, stupefacenti – e per Mia e Woody. Grazie alle attiviste e agli attivisti nella vita vera. E alle bambine e ai bambini sempre, perché sono nel buono e dalla parte giusta della storia.

Grazie a tutta la Banda, attualmente in rivolta.

Un grazie enorme, infine, a chi senza saperlo ha messo a disposizione il tempo, la professionalità, la lotta e un pezzo della sua vita per aiutarmi in questo libro.

Ayoub Moussaid, Moahmed Amine Bour, Leila Belhadj Mohamed, Valentina Kereči Roman, Pavel Nedelcu, Exaucée Ngoma per le traduzioni e tutto quanto. E poi Oiza Q. Obasuyi, Djarah Kan, Aroti Shrimati Bertelli e suo fratello Kamal, Mbaye Gueye, Igiaba Scego, Iman e suo fratello Ilyas, Alessia Robin Petrolito, Joya Thekkan, tutti quei 41 bambini ruandesi – anche se ora non siamo piú bambini, Ivana Nicolić, Ellechoisie, Amal Tinti, Stephanie e Bintu, Suad Omar Sheikh Esahaq e tutte le zie, Veronica Fernandes, Massimo Ponzio, Camille e Samuel, Emily Nadezhda, Sabika Shah Povia, Hasti Naddafi, Marie Moïse, Sara Andreis e Lucas, Elizabeth Arquingo, Anita Efia Nipah, Alessia Qorri, Devi Vettori, Angelica Pesarini, Rahel Sereke, Jeanette

Chiapello, Wissal, Ian Ssali, Fatima Bouhtouch, il piccolo Robert, Ronke Oluwadare, Julio Josè Tapia Montanez, Kadir Monaco, Deka Osman Mohamed, Felix Caluori e il piccolo Aden, Anass Hanafi Dali, i ragazzi della redazione di Passports del 2019, 2020, 2021, Selam Tesfai, Marco Locatelli e tutte le persone a cui almeno una volta nella vita hanno detto che avevano un nome difficile, una pelle difficile, una storia difficile. Questo libro è per Seid Visin.

Questo libro è su di noi e per noi. Finalmente.

Einaudi usa carta certificata PEFC
che garantisce la gestione sostenibile delle risorse forestali

PEFC™
PEFC/18-32-03

Stampato per conto della Casa editrice Einaudi
presso ELCOGRAF S.p.A. - Stabilimento di Cles (Tn)

C.L. 25135

Ristampa					Anno			
2	3	4	5		2022	2023	2024	2025